燃烧
时间的灰烬

北京当代诗人十九家

19

老贺 编

作家出版社

图书在版编目（CIP）数据

燃烧时间的灰烬：北京当代诗人十九家／老贺编.
－－北京：作家出版社，2021.11

ISBN 978－7－5212－1539－7

Ⅰ.①燃… Ⅱ.①老… Ⅲ.①诗集－中国－当代
Ⅳ.①I227

中国版本图书馆 CIP 数据核字（2021）第 196860 号

燃烧时间的灰烬——北京当代诗人十九家

编　　者：老　贺
责任编辑：赵　超
特约编辑：孙玉琪
装帧设计：道　宽
出版发行：作家出版社有限公司
社　　址：北京农展馆南里 10 号　　　邮　　编：100125
电话传真：86－10－65067186（发行中心及邮购部）
　　　　　86－10－65004079（总编室）
E－mail: zuojia@zuojia. net. cn
http: // www. zuojiachubanshe. com
印　　刷：唐山嘉德印刷有限公司
成品尺寸：130×210
字　　数：78 千
印　　张：13.75
版　　次：2021 年 11 月第 1 版
印　　次：2021 年 11 月第 1 次印刷
ISBN 978－7－5212－1539－7
定　　价：80.00 元

燃烧时间的灰烬（前言）

文 / 老贺

　　我编这本"北京诗集"的动机缘于去年冬天在诗人马高明兄家看到了漓江出版社 1986 年出版的《北京青年现代诗十六家》，这本书我九十年代初就知道，但将近三十年后才见到。我知道 1986 年正是当代诗歌如日中天的年份，也是第三代诗人整体浮出水面的年份。前有 1985 年老木编选北大五四文学社内部刊印的《新诗潮》，随后是 1986 年徐敬亚与孟浪共同策划、主编、主办的"现代诗群体大展"。《北京青年现代诗十六家》自然属于这段诗歌交响乐一段悦耳的旋律，虽然没有前两个闪亮，但在当代诗歌群体内部还是有着相当大的影响。我就知道很多之后的著名诗人都读过这本书，同时也影响了一大批后来的诗歌写作者。

　　1986 版的《北京青年现代诗十六家》的作者都是土生土长的北京诗人，除了食指、北岛、芒克等已成名的朦胧诗人之外，还有黑大春、雪迪、马高明、刑天等在当时更为年轻的北京诗人。他们无论是在大院里还是在胡同中长大，无不受到北京土语、普通话与特定年代红色话语的多重教育。我这么写并不是强调地域优越性，而是说一个诗人的成长，其母语环境至关重要。在改革开放初期，自由职业者还比较少，全国性就业性流动也比较小。虽然大多数当代诗人都有流浪与串联情结，其实不过也就是在一个地方（外省的诗歌现场）住上一段时间（大学生除外）。所以那时说的"某地诗人"就是货真价实的本土诗人。不像现在"北上广深"已成为国际性移民都市。三十几年的发展，北京已经从"城市"进化成"都市"；从地理上的空间变成了文化现场；从北京诗人成长的"家乡"变成了隐藏在岁月深处的"故乡"。

去年我看到这本书时有种神交已久又相见恨晚的感觉。马上我就想：这些"北京诗人"去哪了？现在的"北京诗人"去哪了？我这个追问里自然包含着两种无奈。第一，是九十年代以来当代诗歌的边缘化，曾为时代最强音的先锋诗歌已淡出了大众视野。第二，是北京诗人作为一种整体诗歌声音，文化现象、诗歌生态传承似乎被隐没了。当年朦胧诗以北京为核心横空出世，领袖群伦。不仅是当代诗歌先声，也影响了中国整个八十年代的文化启蒙。之后北京虽也出现过很多优秀诗人，但他们却像一个个晶莹的水珠消融在波涛泛起的湖面上。这一来是八十年代全国性的诗歌运动开始了，更多的年轻诗人已经全面投入到新诗创作与汉语探索当中去了，早已不是北京诗人独唱的年代；二来，随着九十年代之后全国精英云集北京，优秀诗人也不例外。如上所述，"北京"已从地理概念转为文化概念。简单地说，"北京"已不是北京诗人的独唱舞台，而是全国诗人的高音舞台。（这自然是好事，也是时代的必然选择）这双重光环的消逝，这双重身份的退场让我顿有恍如隔世落寞之感。所谓的找寻、梳理、致敬也都是在这个背景下建立的。

然而一个城市毕竟是多层次的，众声喧哗地表达现场只是显性的一层，此外还是地理的北京、时间的北京、历史的北京、生长的北京、沉淀的北京等等。所以作为成长地标与时间流淌的北京诗歌线索并没有中断，从"×社"、"太阳纵队"、郭路生、"白洋淀诗群"、"圆明园诗社"、"幸存者俱乐部"、"首稿"等一路延续下来的独立、开放的北京诗歌传统，北京诗歌精神也在每一个北京诗人身上自由地延展着。（当然这条线索之下不只是北京籍诗人）同时作为几十年历史变迁的见证，以诗歌为载体的"北京私人叙事"也一直没有缺席过。反而相比于其他文学媒介更加完整而面目清晰。

我选编这本诗集还是遵循了几个特点的。一、朦胧诗以后的诗人，因为当初朦胧诗的作者早已名满天下，作为群体也已成为诗歌史上的经典。而朦胧诗之后的北京诗人还没有系统地梳理过。虽然这里面有些已经是大名鼎鼎的诗人，但还没有在这个框架下、这个归类法里呈现过。二、北京本土诗人，即使不是在北京出生，也是在上中学之前就定居北京并成长起来。三、其实这次入选的诗人还是以五十年代末六十年代出生为主，一共十九位诗人入选。因为这些诗人都已经历了几个创作阶段，基本已进入了创作成熟时期，线索与面目都已清晰。其次，五六十年代出生的人，青少年时期都成长在一个相对封闭的区域内，自身的地域痕迹比较重。这也是进入网络时代之前最后一代人所能保留的地域气息。最后一点，这个诗集是按照年龄排序，从五〇后的阿坚到九〇后的瓶子。

这次没有约到诗人黑大春的作品，无论是对这本诗集还是我个人都是一种遗憾。可以说黑大春是我现代诗歌写作的引路人之一。九十年代初我在《食指黑大春现代抒情诗合集》里读到大春诗的时候，与八十年代末读到北岛、芒克、杨炼等人的诗一样震动。北岛等人的诗让我觉得诗原来可以这么写，汉语可以这么神出鬼没。而大春《秋日咏叹》里的一句诗："仿佛最后一次聆听漫山遍野的金菊的号声了"，让我一下子进入了炎热、明亮、绵长、眩晕、荒蛮的秋天现场。视觉与听觉的生动转换，体验与想象力的高度融合，现代意象与古典审美的巧妙衔接，至今我依然觉得这是现代汉语抒情诗中最经典的诗句之一。

由于篇幅的限制、目力的局限、挑选角度与审美趣味等等原因，这本诗集有诸多不足与疏漏，也希望得到指正与补充。好在本身也没有想编一本大而全的书，只是想梳理一条线索，或者说是清理这一条隐蔽线索上落满的几十年的灰尘。这本书里只选了三位八〇后的诗人，算代表一种传承与方向吧。在这条无限延伸的线索上，八〇后的诗人展现出了全新的语言模式与生命活力。

感谢本书中所有受邀的诗人，无论是相识与不相识的老师与朋友，都非常支持我这份工作，让我增加信心，也是孤独的疫情期间来自诗歌的温情慰藉。

2020 年 4 月 15 日于北京

目录

雪　迪

我的家

我的家在午后一个温暖的日子

   结满葡萄

我的妻像只红色温柔的小狐狸

把她细细的手

探入我音乐交错的胸中

窗子的玻璃上趴满蜜蜂

花朵在一个个字里开放

我的妻穿着红色的衣服跑跳着

把朝向阳光的门带得哐哐地响……

我坐在一把古铜色的椅子里

听远处的庭园里草根吵闹的声音

听一滴水慢慢渗进一块石头

一只鸟，在远远的

我的思绪中

      啼叫

词的清亮

如果土地生长

太阳是一只含金的钟

我们想着爱，在疲倦中

走动。如果太阳

是只钟，纯金的钟

河流是回家的犟孩子

我们每天等家人的信

数着年头。如果河流

是犯拧的孩子

在不是家园的泥土里

较劲的一群孩子

我凝视上升的黄瘦的月亮

银下面转弯的麦田

听见对称的钟声

远处的大地，在黑暗里

朝向我，突然一跃

脸

在你停止思想、恐惧时

脸像一张被烤过的皮

向内卷着。这会儿时间

像一群老鼠从顶层的横木上跑过

你听见那种小心翼翼

快速的声音。你的脸

寂静中衰老。你感到身体里

一些东西小心翼翼

快速地跑过

感觉犹如，兽皮

在火焰之中慢慢向里卷

把光和事物的弯曲

带走。我在四周的黑暗

肉体的宁静中看见人类的脸

在一百年之内向外翻卷

像树皮从树干剥落

由于干燥和树汁的火焰

人类的脸在曲折和迷惘中

与生物的精神剥离

暴力创造生存的寂静

寂静中心一层层弯卷着的

恐怖。一些东西快速

小心翼翼地从人类的记忆中跑过

带着火焰燃烧的灼热

事物消逝的哀婉的情绪

这是当你停止思考、恐惧时

感到的。清晨

你正躺在床上。阳光一点一点

向床头移动。房间越来越亮

你听见事物不可逆转地弯曲时

的叫嚷

甜的爵士

小心地爱。爱你

生病的肉里的一枚琥珀

东方的瓷器。公山羊的双角

在我爱时下垂，然后弯曲

离我们的爱最近的海洋：

那些盐，整齐地进入一只

狗眼。那些曾被深深爱过

迷路的眼睛

那些火，河流在傍晚

把他们带走。马群消逝

东方的夜枭。当腰与腰

像两座湖紧紧挨着

唇如鱼，游向湖底

离我们的爱最近的村庄：

所有的马驹从睡梦中

快乐地醒来

新年

雪把旧日子盖住。

孩子们藏在雪里像三只松鼠
紧跟着穿过树与树干间的公路。

喇叭吹着嘴。夸张地
惊喜地；情人的焦虑
祝福，像一座搬光机器的工厂

在一年最冷的雨中。提琴
划动，像一只节日中的大鸟。
羽毛，是母亲最喜爱的孩子

在异国，那些旧日子
比羽毛更轻。父亲是一杆笔

油墨将尽的笔，被最大的
走得最远的孩子攥着。

流亡中的孩子，孤单的

满含灵性的孩子。疼的次数
最多。想得最多。
那是深刻、痛楚的爱中

变硬的肉。像一个小型港口
渔轮准时到达那里，
旅行者，观看被成吨

卸下的海水。然后是帆樯
尖尖地前倾。节日外面的鸟
沿着海洋的轴向北飞。

雪把被用小的日子
严密地盖住。透过窗户
我看见新年，在变暗的日光中，

在新英格兰
一座安静的小镇子里。
新年：是遥远的家

在新时期的暴风雪中发冷。

收信人

比拒绝成熟的灵魂更冷。
更生硬的手，伸进我的午后。

在深交的人前谈论我的隐私，
他在一场雨里跪着。心怀

歹念的人，在我们难过的往事里
走来走去，并用小眼睛瞄住

我的女人。一股鬣狗奔跑的气味。
一场雨，比另一场雨

带来更多污染物。片刻的
坏念头，深透地伤害长年

在秩序中生活的人。

黎明之前

经过多少年，异乡人

对本土人的爱，像

寒冷地带的气流

在异域称作台风

灵魂与灵魂之间

年龄的差距，是一座

中间向两头悬空延伸的桥

水是人群，平整的

染黑了的人群；鱼儿

在单独的梦想者的脸孔下

浮起。经过多少年

家乡的红砖砌成的矮楼

家乡的爱我的女人、老人

北方的稻田、蚂蟥和大雪

使我在异地无穷无尽地孤独

像一座从两头向中间聚集的桥

下面是祖国，无法徒步穿过的

祖国。在桥的一端爱此地的

白皮肤女人，朝着家园

那爱，灵魂的爱

使我的两眼流泪

使我在断开的桥上

双眼流泪。往日的朋友

从桥的两头消失

我在写作一本诗集时变老

经过多少年，爱成为完整的

不是去爱，不是被爱

一道拱桥的完成像

一个灵魂的最终完成

跨越深渊的人，跨越

河流的人，瞭望家园的人

在看见一位宁静、祥和的人时

看见他们在空的中间行走

看见在心中的那条通道

威金人旅馆

沿着成批客轮驶离的方向，
海水像用旧的棉被

沉沉地压在缺觉者身上。
天空在散开的鱼群眼睛里

越来越亮。那座跨过盐水的桥
也跨过中年人大脑里的黑暗。

路途的黑暗，在两个精确的词之间。
独身的母亲悲哀时

就给远行的儿子写信。
孤独的水鸟沿着灯火

向更冷的地域飞翔。这个
夜晚，旅馆房间的调温器

不停地轰鸣。号码634,

当我拿出钥匙,黑暗中

一些最优秀的人

正在我的祖国消逝。

亮处的风景

大家庭里的人叫他雪

回忆中成熟的孩子

看云、望水

在风里斜着身子

在暖和的地方修改旧作

持续的写作改变他的性格

和本地人的爱，像一条河

拐弯的样子。他的脸

充满灵性时更瘦

双眼凝视像两只鹿

往高处跑。倾听的人在草地上

比一阵鸟啼更安静

比远处的山峰更暗

叫雪，转身时

最新的创作含蓄黑暗

人群分布在纸上

是一首诗涂抹修改的部分

那些黑斑，使教授历史的人

活得不幸福；国家在哀叹自己的

绘图员笔下消失。公马群轻松

移动。左边的山谷在单独的观景者

记忆中一截一截消失

初次见面的人叫他雪

忧郁是被闲置的马廊的形状

最小的母马带着古典的美

在隐居者垒起的一串草垛间

山猫在林子边缘出现时

徒步人感到深深的孤独

向高处走，想到路分岔时

他能达到的成熟的状态

总有一天

总有一天，你会衰老

你生命的车栏已褪色枯朽

你在田野上孤零零地散步

手中的花朵滴入疲倦的泪珠

那时，你会想起我吗

一棵被你的轮声擦伤的

沉默的树。你会站在树前

靠着它短暂地休息

而它遍痂的身体也老态龙钟

伸出手，摘一片叶子

犹如从架子上取一部诗集

看着叶脉的横纵网纹

悄声叹息。红胸脯的鸟

拍响着翅膀远去

简介：

雪迪，生于北京。出版诗集《梦呓》《颤栗》《徒步旅行者》《家信》；著有诗歌评论集《骰子滚动：中国大陆当代诗歌分析与批评》。1990年应美国布朗大学邀请任驻校作家、访问学者，现在布朗大学工作。出版英文和中英文双语诗集9本。作品被译成英、德、法、日、荷兰、西班牙、意大利文等。

英文诗集《普通的一天》荣获 Jane Kenyon 诗歌奖。荣获布朗大学 Artemis Joukowsky 文学创作奖，纽约巴德学院的国际学者和艺术学院奖，兰南基金会的文学创作奖，美国十多个创作基地的写作艺术奖，二度获得赫尔曼－哈米特奖。布朗大学驻校作家和访问学者，布朗大学东亚研究和比较文学研究员，罗德岛大学驻校作家，纽约巴德学院的国际学者和艺术学院院士。曾参加爱尔兰国际诗歌节，奥斯汀国际诗歌节，第一届青海湖国际诗歌节，西蒙斯国际中国诗歌节，布朗大学中国作家三日，第十三届亚洲诗歌大会，台北国际作家周，国际笔会中国文学聚焦，普林斯顿艺术节，夏威夷文学艺术节，第一届渔人岛诗歌散文节，罗德岛世界学者运动员大会。

自述：

　　我的诗反映的是生活，是具体的生活欲望和状态：受苦，渴望；一些孤独的时刻，静夜里听到的几种声音。它们都很真实、鲜明。写诗是我与我的灵魂的对话，是我的肉身在不同阶段向更高一层发展的记录文字。在写作中，我更深刻地理解自己，并把生活中很多受苦的时期转换成美。我的诗歌写作紧密地与我的"灵"和"肉"连接，深挚地与我的对精神的领悟连接。我的诗歌创作是努力将生命升华的过程。记录下关于美的纯粹的思考，记录下那些置身于美的喜悦、顿悟的时刻。

　　我的诗歌自始自终与生活紧密相连。如果我失去对生活细节、对情感的细腻和清晰的感受，我也就不再写作诗歌。写作和生活一样：复杂，清晰；充满善意。要真诚；显示出悟性；精力集中。真诚和深刻是首要的。这也是我做人和写诗的信条。我的诗歌创作来自生活，来自我的真诚的感受。诗歌的表现形式也希望像土地一样本质，像天空一样辽阔。诗歌写作艺术的发展应该像使一切生命存在的气和能一样：它们就是你本身。你吸气，吐气，你自在地震动；同时气连接你和其他物质及存在。你看见它们流动、转弯，消逝后又出现。它们把一切物体连起来，然后呈现成"自然"这一景象。你观看它，你也在其中。这就是诗歌的写作风格。

短评:

最近在明尼阿波利斯的采访中，加里·斯奈德被问到他最近读过的诗人。他说，他没有紧跟当代诗歌，而是继续阅读中国的古典大师，如杜甫和苏东坡……斯奈德应该把雪迪的诗加入他的阅读清单。这位在布朗大学的中国当代诗人，如意地传输着唐代大师极美的忧思。

——美国图书评论

雪迪是圆明园诗社里年龄最大的诗人，他的诗风婉约华美旖旎。对词的精致追求在当代中国应该是第一人。五四时代所渴望达成而未达成的音乐、建筑、绘画之美，被雪迪完美地演绎。但是，他的绘画之美不是被人玩腻了的柳宗元式的文人画，他没有独钓寒江的蓑笠翁，他展现的是亮丽的水彩或青铜，是西梦玲的尖叫，是钉在波士顿酒吧墙壁上的羊脂玉一样的慵懒透明鲜嫩的丰腴的肉体，是圆明园众神踩痛的金属质感的叶子。

——刑天

雪迪的诗如同雪落在舌尖，带来冷的灼伤，迅速溶解。那些孤寂的诗，异国的诗，渴望的诗，"你听见事物不可逆转地弯曲时／的叫嚷"。

——施家彰

多年以前我在陈超主编点评的《中国探索诗鉴赏辞典》里第一次读到有个名叫雪迪的诗人，立即被他另类的气氛所感染、所震颤，强大的魔幻气场、匪夷所思的想象，是通感的高手，善于将诗歌描写的物理主体顷刻化学化，禅变成另外一种物质。深层而陡峭的意象弥漫人类坚忍挣扎的企图摆脱命运纠缠的宇宙速度，他所表达的东西非一般语言胜任得了，正像他坦言道："文学是诗歌的本质，文字的各种奇妙的排列组合揭示着创作主体的内在情绪与存在意识。"即便他的抒情小品《总有一天》也如晚夕的怆然博大，转世的预言之巅。唯有爱情来超度，当与叶芝的诗《当我老了》有异曲同工之妙。

——左岸

雪迪的诗如同火焰。它们意象丰富，深蓄情感；充满个人的剧痛，又饱含官能的体验。

——科斯·沃尔卓伯

雪迪的诗在当代诗歌的形态中具有着令人难忘的辨识度。尤其是对于一个日益陷入纷争的诗歌世界而言，这种自觉的单独性贯穿于他的创作生涯中。雪迪的视线首先凝聚于如何去寻找一个现实外的人性和灵魂的存在。这种对自由世界的执意追寻，不仅通过具体的诗行得以表露，亦体现于雪迪作为真实个人的生命踪迹中。他已经通过诗歌的蓝光，进入并铭刻了这个在自然与现实之外的独立世界中某种极其重要的构成部分，也就是对动荡灵魂的描述，以及对情感谱系的刻画。

——任协华

在通向国家以外的道路上，雪迪的诗留下艰难的足迹，那是一个在异乡写作的诗人的苦难历程。而这一历程被某些瞬间照亮，那是对诗人毕生追求的回报。

——北岛

童　蔚

星星的脚步踩亮了死亡的残酷

总是围绕，天上的窗户淋入谷雨

又到了冷暖不明时

亡者你安息在山谷吧

在死亡里，有一种快乐攀升的梦想；

稍慢或许很快，清明节后

嫩绿将缓缓移向窗口；

如果有一天我闯入纯粹的黑天

在黑暗的日子里，遇见了真相

真理沉寂后

拥有白皙的光泽

只为了描绘辽阔的虚无

我还会想念你

远处的太阳被虚无统领着

凸现焦虑过后烤熟的溽暑

荒径弯曲着自己的梦想

一片麦田之上黑色理石环绕的柳绿——比夜还深沉

为了收成之后酿出的苦楚也能走出漫漫长夜

石头目睹烟香飘散四处

歌咏勤苦

我还会想念你

云朵　烟尘　舞动着

春雷讲述之后的寥落和未来，

星星的脚步就踩亮了死亡的残酷

这是今年的决定，

用石碑筑成陵树；

碑上刻下字体如屈骨

在结束过后有一种明确，绚烂，即将到来

我还会想念你

生命，就涌现清澈的泉，再一次

寒泉爱上了酒，我们洒酒祭天地；

又一回，艰难的深情在死亡的比兴里闪烁

又一年，死亡把水熬成了火……

2009

王侯

王侯的财富，自南海登陆，有人

远望秋天的阁楼，翡翠绿的河流

衔接以往的萧条

王侯的财富，躲在老榆树的树洞里

这洞穴连接世界的危楼

船只，顺着风流不断到来，

有人欲取王侯的头颅抵达黎明的危楼。

在午夜，有人守着忧愁莫明

有人弹奏一场雨水像是如此的……

转换梦境，有人传递消息随时随地，

惊魂咿呀的眼睛，爱上黑夜的妖精

王侯，原来是个贫困的神灵，他朝向四方字

走来，也按照预言到来：

他藏匿身影，但在灯光下，

哎……有点像晦暗的神明

见到爱过的——

恐龙和鱼全淹死；

恐龙剩下巨大的骨架，鱼翻着白肚皮

暴风雨游荡在窗外

王侯还在屋里玩牌

……

2007

新街口（组诗选一）

新街口，这大都的水脉不远就有

咽喉要塞，寺庙也在街巷附近

妙应塔尽头播散着，柳烟青……

传说天上滑落一街金沙覆盖这里总是

总是沙，颓丧的泥土和

老榆树根处，从这里挖

稀世珍宝，没有玉没见簪但有

门前石兽，朝陌生人熟悉地笑。

就回想起：邮局和书店有我今生

不会忘却——旧书气味、画本纸卷被过路人揉搓

就是不买走。这里有一种满不在乎的底层

气质并不适宜你——

听一个女子痉挛似抽泣而心空荡如巷子里回荡浮尘

——从嫩绿树，天光亮

落到邮票上，粉碎价值，

我记，记得；这条街上也还有金质钟

月夜银亮圆在那黑皮肤上滚动。

子夜落雪后，最后的班车消逝

那灌木树顶重叠着明月和白马头

……

还有梨树拍打雪花狂笑的样子

纵然梨花飘回满袖子那年梦已然逝去

一千次。花园花落在，卖肉还在，那烟囱还在

与威严搏斗的对手，在。冷月对冷梅花还在。凉风

墨迹炙热，孤傲暗藏。茶碗在茶壶

旁边吻着一句祝福话在庙堂里独自

独自徘徊日月回荡盘旋……

这里赋予理想如此真挚到癫狂

但只有：无。无情与无穷大无眠无尽无限无不在

一条小路，相遇和那星群骑自行车和黑发和刘海，

就留住了那忧郁的脱俗，要携带

这一街冰冻一瞬间的胶质纯粹去夕阳里翻滚着

不计其数的乌鸦喜鹊在颤音中欢唱

还没有过街天桥的日子，

我心里有桥，也有岸。

有那些建筑脸的

凹凸不平和苦难

印迹是暗影被缩小

再放大如光晕

放大后褪去日常的背景

荒谬如毫毛满大街

大风把陈词吹走吧

扫帚手把滥调车推走吧

都是失神的有信仰者

雨水浇过隔开了一段段空白告白

沉默是和蔼，是那些屋墙

留下凹陷路，心照不宣。

这里距离深潭水也不远

距离一天清晨，我从

地铁上来恍惚从地表升空

去找寻尊严被否定时可怜悯的生死界限

于是否定就否定有肯定就是黑暗

我终于解脱于护城河畔的黎明

我分隔有无与刹那

艺术就给予神秘

从那条十字路

得失分隔捆绑于四方彼此凝望

新街口不记得时间和姓名前往何处

无数的重复如同马牛通往涌血的隧道

烛台、书包、白猫

蓬蒿和遗骨，你一定全部带上。

熟悉这条街如复习梦中环路

无尊严无望的都不再属于我

无言如同狂欢裸露从头到脚

上升到眼底就是

记忆的粉翅飞舞到你的边缘。奇迹来自西山

五色来自绮霞，呼唤雨声重回草地。

和灵魂穿过巷口，相遇在此时，

向前程问此情将醉，西风渐入东方的竹影，

问路人，那绸缎店已转入星河，

失，散，这里仍像丝绸路

真爱就像真丝绸。

我用发丝走路，以前没有人走过

火，燃烧执迷不悟的火焰

关紧气流闸门后

爱，是那晦涩的窒息

既然有三位女人正在天上

爱着你的未来，

你语言的群蜂还蜇地上的花唇么

我用发丝走路，以前没人走过

以便夜晚的星光

闭合成冰花

在茎梗上耸立

2019.5

颈动脉：通往永劫之前

于是我向头颅说明存在的理由

以及那夜为何没有赶紧死。

用月光丝绸勒紧类似报纸

树林里回荡着脚步声

那些亡魂徘徊里面

从山谷向头颅山脉走去

颈动脉的血流让我想起舌根需要辩护

尽管运营新一代智能机，牙齿就格外坚硬

如钻石切割出反光的

死亡棱角，并且来回打磨着

至尊 VIP 炫耀璀璨的悲情

囊括太阳的颈动脉

整条街是这城市的主动脉

整座城市暗藏静脉曲张

整个国家埋藏心脏支架

人类的造影坐在

月亮的象牙椅上

如此谦卑的星为负伤者

旋转门之匙

众多的圣女、英雄、大人物你们要进入

永劫之时；我咬住嘴唇不发出绝望的喘息。

床上跳动起安静的净火。

2019

地铁一号线

——这是一条虚拟的线路

你竟然走不出地铁一号线

也走不出隐蔽的暗流

有个车站叫乌托邦；

——延伸隧道里的词语

和等车人串连的"长造句"

你瞌睡时，我描绘你的衣饰

是猩红色的

和零度寒冷的腿挨在一起

你醒来时方向不明

适合冷处理

忘记袖口的年龄

记忆口含蜜饯的小动作

极度促进内分泌；

那些零售商药品代理

也没有走出地铁

成功，初试，然后下一站

继承上一站像一队唱诗班高喊着：

"挤在一起我们有多少财富

污秽的兴旺以及发达史"

地下的结构，绚丽、脉动，很立体

透明笼子大批鸟兽秘密尾随

玻璃公园——动物园

平移，翻译，随身携带，

提速，双轨制交叉，旋转，

这是燃烧的地下网络

这是立体声，声称朝代替换年代

声带贴近耳膜，你拨转耳孔里的隧道

不打算听见田野被切割的嚎叫！

哼唱无伴奏小调的贫民区

也不打算听听，我喜爱的

摇滚乐，你喜欢直达友人的

海滨豪宅

抽海滨牌香烟

想到这些就瞌睡

我挨着你睡醒后，垂直、水平

一站又一站，我接近你的

刚刚冷静，你的

手表就醒了，秒针上下

越坚定越准时，恰好

相遇不早不晚我们，看见

愈来愈肿胀的广告……

许多魅力小人蜡烛一样燃烧

飘来荡去，我紧紧

揪住你的袖口，吐露的

毛线头灵感，已然暗旧，

可你无病无灾很英俊，你乐意

把桌椅移到地下，你乐意

把床铺移到地下

愿意像蜗牛探一下脑袋，然后

缩回躯体，你已然忘恩负义歇斯

底里在那富贵倾斜的顶楼有人等你，在夜晚

你攥紧奥特曼^①在车厢里

走向玩具店消失的声音，走向

---

① 奥特曼，一种玩具亦指同名电影中的特异功能超人。

悲哀的震动，走入

湮没个性的拥挤

走向更快地飞，更稳地终止

像一根羽毛绞链着深渊中的铁鸟

2006

简介：

　　童蔚，诗人、作家、绘画者，生于北京。上世纪80年代起活跃于诗坛。著有个人诗集《马回转头来》（1988年）、《嗜梦者的制裁——童蔚诗选》（2011年）、《脑电波灯塔（童蔚诗选2011—2015）》（2016年）。从80年代后，在《诗双月刊》《十月》《人民文学》《诗潮》《翼》以及《今天》《山花》等期刊上发表作品。1992年，参加第23届荷兰鹿特丹国际诗歌节。部分作品译成英文发表于国外诗刊；一些诗作收入《2008最适合中学生阅读诗歌年选》、《后朦胧诗选》、《当代先锋诗30年谱系与典藏》、《中国新诗百年大典》、《中国新诗排行榜》等选本。记得最初，只是油印了一本诗集《雪线》，直到1983年开始发表诗作。80年代曾参加过多多、王家新、沈睿、莫非、金重、马高明、李大卫、简宁、阿曲等诗人举办的诗歌活动，也和北岛、侯德健及众多"圆明园诗人"在北京林学院举办的一次大型诗歌活动上朗诵过。曾参与过《幸存者》《边缘》等北京地区的诗人活动并发表作品。长期任职不同类型的媒体工作，部分散文及小说散见期刊及网络。除写作外，2013年开始绘画。

我为什么写诗，诗为什么写我

我的第一首诗，写于1980年之前。有一天晚上我躺在一排黑色铁皮箱上，那是父母从美国归来海上旅行用的大行李箱，后来两三个连在一起一度成为卧具。这样的箱子秉承了航海年代的粗犷风格，我不知道是铁皮箱给我启发吗，很偶然地，我写出了一首诗，以至于兴奋难眠。创作带来的精神享受从此比金玉楼宇更滋养我。

我最初的创作时常从听到的一句诗（声音）开始，比如"晚熟的作物从山坡滚落""情人是草原辽远的绿，燃亮你""有时候，你游荡在白天比黑夜更深沉"，由一些核心句子，搭建起整首诗。之后的一个阶段，我借助梦境结构，其特点在于语言与梦魂交缠的技术，即，从一扇门开始进入转而开启另一扇门，转换时力求与前者留有关联；更重要的是飞跃到另一境地的想象力，如此这般或疾速或延缓地完成诗作。第三个阶段，破除梦结构的约束，削减对画面扭转的依赖，找寻词的下意识深度，或曰语言的多重含义；而关涉下意识的诗歌，希冀读者能感受到什么又难以说清，说不清又有所感，这是一类用词甚减、用意要深的诗作，其实是更有难度的写作。以上是简约说来，诗歌的灵感自然而然来找寻我的三条途径，然而创作自有其自在的偶然并非依赖理性的绝然割裂。

古典诗词一直是我的深爱，我爱那些如水晶聚合的词汇能量，古诗的机制犹如刺客的剑法瞬间即极致；新诗完全是另一条路径，但古典诗词里有写诗人的魂魄之根本。

写于 2020 年 3 月

短评:

梦境与画面的叠加

我第一次仔细读到的童蔚的诗作竟然也是和梦相关的。在题为《回旋曲》（载《翼》第四卷）的诗中，有一个洪水泛滥的梦的场景，有一个逃生的"我"，还有一个变成"船"的我。也许释梦爱好者和精神分析师会对这个梦作一番有关梦主的精神、身体、命运和情欲状况的解读，然而，诗之叙梦与散文之叙梦迥然有别，因而解读方式也不同。因为诗别有一种情绪节奏，它会影响到诗人对梦的理解方向，当读者君看到"回旋曲"一词时，很可能在心里埋下了对一种乐感的期待。然而，读完此诗，你会发现，诗人并未采用常见的乐曲式的回旋体，没有主歌与副歌的相间以及主旋律的重复等等。那么诗人的"回旋曲"是什么意思呢？从以下引文可知，是诗人设置的隐藏在诗中的"鸽子"的飞舞与盘旋——

> 我写信在叶片的手掌心
>
> 在梦里我所遇到的
>
> "胜利"
>
> 是一只鸽子回旋在体内
>
> 而"迷失"
>
> 是一条妄行的道路
>
> 徘徊又徘徊……

这一片断里的几个意象让我联想到北岛那首著名的朦胧短诗《迷途》，不过，童蔚的诗歌并不是以真纯的意象构筑起一个个人对抗现实的英雄主义的朦胧诗。换言之，她的诗不负责"回答"问题，无论是个人的还是时代的，她的诗关乎"我"和"我"的"上升"。因此，鸽子在体内回旋，诗，是一种自我肯定和精神自强的内在动力机制，而梦，是通天接地、逾越边界的彩虹。

——周瓒

"隐"和"潜"体现着生命于逍遥中创造的规律

隐者或深海潜泳者之诗。对童蔚来说，"隐"和"潜"体现着生命于逍遥中创造的规律，不仅是同义语，而且互为条件。必如此方能抵近事物和灵魂的幽昧之处，方能将二者隐秘的交互激发，转化成一场持续演奏的语言室内乐。她的诗凝神于那些边缘的经验和不易被觉察的瞬间，善取多向视角以对应多重自我，不刻意追求奇崛的修辞而自有一种陌生化的效果；她的平静和节制既凸显了想象力不可思议的飞行轨迹，又提示我们在多声部的混响中，辨认其运思如何抵达清晰的刹车痕。读童蔚的诗意味着接受一只海螺，或一座脑电波灯塔的邀请，其真正的胜景不止于"自由的圆润度"和"尖尖的塔顶"，更在于和它一起聆听星辰和大海的交谈时，领略它全身唱出的"满满的光泽"。

——唐晓渡

她的诗歌，抗拒对语言和思想的驯化

以我对童蔚的了解，我想她是个随性的诗人，不会去刻意追随哪一类诗人或哪一种流派。她喜欢尝试新的语言，远离陈词滥调，追求的只是表达出自己生活的真实感受。像她自己所说："大风把陈词吹走吧，扫帚手把滥调车推走吧。"（《新街口》）结果是，她的诗几乎每一首都能让人觉得新鲜。说到这里，我们必须注意她诗歌中同样重要的一点，就是她对我们这个社会里语言的粗暴扭曲，嘈杂呐喊，油光水滑轻浮搞笑也是同样加以拒绝。就像她不能容忍僵化的语言一样，她也不能忍受语言上的功利和低俗。

——高小刚

阿　坚

不怕一生的失败

不怕一生的失败

最开始，你曾向我学习

后来，我要向你学习

不是追求失败，是不怕，再说，怕也没用

我们想按着自己的意志生活

至于成不成功，再说

因为不这样活，我们就难受

我们折腾，有时快乐，有时难受也是满足

十天前，我与孙民钻荆丛去找一座姑子庵

我被弹回的荆枝抽红了眼珠

那是几年来我走的最难走的山路

孙民说你的那只眼睛太吓人了

我想起你，为了向一个姑娘显示豪迈

酒后把自己嘴鼻摔得血肉模糊

可第二天你还要与我去喝

我说，你的脸太吓人了，要不你戴上口罩

我们吓人或者倒霉的样子，能让有些人快乐

这我们不管，就算我们在练习失败

不怕一生的失败

人生中，有太多的小怕，怕这怕那

但只要你不怕一个大东西比如一生的失败

那些小怕就无聊了，你就活开了

小招，你的失败是正好

有关《小招传》

有关《小招传》，厚的，薄的，等等

有人当成才子传来读，这小子太聪明了

有人当成警示录来读，可别让我孩子学他

有人当成疯子史来读，真是敢想敢干呀

有人当成笑话集来读，这哥们儿太逗了

有人当成旅行记来读，丫去过的地方真不少

也有人当成伤心史，再也不想读了

也有人当成小人儿书，我读它干吗呀

而我，各种版本的都读

我把它们编成一部哲学

在青岛

背朝大海
身在小酒馆

忘了大海
啤酒在胸怀

什么叫大海
看啤酒滔滔而来

腐败与酒鬼

浮躁是紫色的

腐败是粉色的

你的心在粉色中舞蹈

你的肉在紫色中唱歌

那么，黄色呢

黄色的啤酒啊，你游泳的大河

粮食在腐败，就有了酒的精神

地球在腐败，就有了佛道和妖魔

花儿和女儿学着，香了臭了烂漫了

而酒鬼，就是一把越来越锈的刀

不再砍肉，只对时间，胡乱切割

一把刀，多长时间才能烂光呢

不急吧，刀锈在掉渣，在剥落

简介：

阿坚，本名赵世坚，男，汉族，别名阿坚、大踏、莫斯、阿蹦。1955 年生于北京。初中毕业后，做工人五年，在大学四年，教师八个月。1983 年退职后，干过各种零工，如代课、为环卫局打球、办拳击班、编《啤酒报》、为赴藏地质队做饭、开专栏、当旅行向导等。以笔名阿坚、莫斯、大踏出过不少书以及更多的打印小辑。九十年代中与新棚、蓝石、岩松等创"后小组"，倡"前人之未玩"的"后旅行"，又集资办"后旅行"网站，站长孙民，至"小招时代"达到高潮。2015 年参与王胜华、徐烨彬创办的啤酒小会堂建设，及稍后的啤酒花种植暨"啤酒花节"，主力还有孙民、莫小真等。三年前欲拉三位令人讨厌的诗人组成"烂诗人协会"未获通过。近年多与孙民、张汉行、王爷（杨立峰）寻废庙旧塔，亦多得张弛、吴天晖主持的西局书局的照顾如奖金和打赏，多得高星大师般的请酒和刘润和的助文，须谢的朋友太多，仅提芳名吧：小梦、闫红、小卫、小琛、小岩、小文丽、小诗玮、宏志等。

自述:

六十有五，回望近二十年诗途，发现自己身上的真理：才华灵气不足，那就用腿来写作。即多跑路，如实简记比人不常见者。至于短诗，常在酒桌上写在烟盒上，等于加个下酒菜。人生虽无聊，但也得找些事来填补，写是软事，行是硬事，啤酒是软硬间的桥梁。

阿坚 2020.4.2 于古城

短评:

古树下喝着一路背上了大山的啤酒，开着玩笑，谈着轶事，却从不聊政治。

朋友们都知道阿坚有一个癖好，他喜欢用马克笔等在野外留下"墨宝"，内容包括一些咏怀赠友的诗词。阿坚深谙古人赋诗跟生活印证的精髓，并将之运用到了日常。他拥有一种迅速地将诗兑现为生活的快乐和积极意义的天赋。而这，跟出版或发表，毫无瓜葛。而这，正是当今的知识分子诗人或"职业诗人"所严重匮乏的诗性之光。阿坚是明亮的。他的诗是明亮的。

——方闲海

马 高 明

节日

你走向河边

那是秋天

那是买不起彩色笔的季节

你没有忘记家

家很遥远

哭声

从远方传来

也向远方传去

遗嘱

我最后一件家具

一定要做得一鸣惊人：

来自今生的优质木料

高难的手艺

标新的样式

木纹、接榫、色调

都要经得起推敲。

还有清漆

十二道高级清喷漆

一切都要完美无缺

登峰造极，为了

隆重地装殓

我的影子之一。

箱子

箱子。

钉子长锈的声音。

接吻的刹那间
淤血的嘴唇。

噩梦的纵深地带
太阳、月亮和星星的背影。

黑箱子……

走出病房

诗人生下来就遍体鳞伤

手术使世界充满声响

喝下一口阳光

醉了，道路更加疯狂

海上的灯塔摇摇晃晃

星星迸出眼眶

上升，以便坠落

为每一个人昭示死亡

从我心里飞出的鹰

盘旋归来

啄食我自己的心脏

向往生前的好时光

X 光下我美丽的骨头

在体外生长。

冷笑之后

涟漪侵犯远方。

空洞洞的嘴飞出蛇芯子

獾鼠，皮毛格外安详。

风中的芦苇叶

废弃的陷阱

守护雏鸟的翅膀。

我美丽的骨头咳嗽起来

惊动了死人的梦乡。

烟囱冒出骨灰

大雪纷纷扬扬。

X 光下

一株用来上吊的老树

向往生前的好时光。

小屋

小屋……

已经坍塌。只剩下

那扇孤零零的门

被野风打开或关上

没有月亮。你听见

瓦砾中有咝咝的响声

你倒退一步，身影

刹那间映在门上

闪电提醒你

在这漆黑的郊野

脚印是必经之路

你想起

初次离开小屋的时候

准备阶段

我的脚下突然深不可测。

我恐惧，我对我的决定

生出无限狐疑。

跷跷板的另一端过于沉重。

灌木绕开我生长。

我还来得及反悔……

无意中飘来的花园碎片

使我醒悟：我还没有轻到

轻到彻底地不由自主。

一位美丽的公主

在一根危险的平衡木上舞蹈。

她不知危机，她幸福。

突如其来的另一个世界

不属于我。邮递员的电报

总是提前送到。

一次又一次，让我

为上路的时间苦恼。

海魂

避暑的季节已经错过。

穿着红色游泳衣的

少女，搁浅后

平静地等待浪花

在她高耸的胸脯上

綮然开放，随即

凋谢。轮船已去往一处

不明的海域。

岸上的人们

忘记了海……

优秀乘客

我是一个以让座为目的的
优秀乘客，也搭救了
那些忽然入睡的人们
我自豪，笑容可掬。

有一次
我仔细打量一位少女
那略微隆起的
小腹，为了确定
她是不是我让座的对象。
被她眼里溅出的火星
提醒，我慌忙间站起——
"啪！"
斗转星移，透过
迅速变化的缝隙，我看见
我让出的座位上端坐着
那位少女，而我
竟被众人

提前抛到一个站台上

我使劲儿回味

她和我，与座椅发生的

暧昧关系……

为了那个永远无法确定的

胎儿

简介：

马高明，中国文化报社主任编辑，诗人，文学翻译家，编辑家，文化项目策划人。著有诗集《失约》《危险的夏季》等；译诗集《荷兰现代诗选》（马高明、柯雷译）、《希腊诗选》（马高明、树才译）等；编著《外国现代派百家诗选》《西方女子诗选》等；大型文献《中国新时期地方文化发展概览》、《中国新时期优秀文化设施图典》、"中国文化事业与产业发展研究"系列丛书（包括《中国演出业创新与发展研究》《中国文化设施建设与经营管理研究》）等。其诗歌作品被译为英、德、西班牙、荷兰、瑞典、希伯莱等多种文字。自 1986 年起，应邀赴荷兰、爱尔兰、以色列、希腊、美国等国家参加国际诗歌节、国际作家会议等活动。1992 年访美期间，接到老布什总统亲函祝贺，并被授予美国荣誉公民称号。1993年被列入英国剑桥大学《世界名人录》。

自述：

诗人无疑是骗子，尽施语言骗术……不仅骗自己，也千方百计将读者一并骗离此岸现实的散文大陆，冒险登上一叶驶向未知之舟，驶向彼岸，驶向地平线……

短评：

在我的印象中，马高明先生是一位用生命创作的诗人。

他总是用低沉却又高贵的声音从内心深处呐喊，用灵魂，用思想，向尘世锤击，震撼却又不扰民，粗野却又充满生机，集世界之大同与自我结合，细腻、婉约却又给人以真实体验。作品既有油质的画面又显苍朴之色，亦小亦大，自然流畅。更有大气内敛，读来令人生疼。

推荐这一组力量之作，在四月春暖花开的季节，诗人大义凛然，四顾苍茫，用系列的回顾的，甚至童话般的情感来慰藉生命。

诗歌《节日》用空旷的声调回响，却又采用了喜庆的主题，反刍出具大悲的气氛。《遗嘱》与《箱子》是一种自然的升华，影子在大地，星空与箱子，展示天地间的大小布局，以小我而聚苍生，在狭窄的黑暗仍然布满星光。

在文学的乐坛，诗歌是生命的舞台，我们存在的，是一种境界与精神力量，从小悲到大跨度视野，用苍凉而真实的声音，才真正打动了你。这也是文学的痛处，也是诗歌在文化金字塔的力量所在。

——长蒿

莫　非

这个星球足够完美

这个星球足够完美
万物不以类聚不以群分
黑洞望着宇宙的过去并不远
夜空闪耀，漫天河山

无知且傲慢的人啊
忘了跟蚂蚁也是同宗
山茱萸四周亮灿灿的嗡嗡声
那样简单，那样劳神

天文学有多么惊艳
文学就有多么荒废
草木在草木里种大豆和小米
如花在野，有生有命

所以不用因为
正像因为不关所以
做你自己喜欢的人喜欢的事
一颗童心，毫无准备

2020.3.11

雪落在雪松的树顶

雪落在雪松的树顶,雪松的种子落在雪上
仿佛寂寞的人都回到寂寞中。这深冬的季节

冷得没有一丝破绽。干枯的石榴摇摇晃晃
并不是因为风吹。老鼠在洞中一日长于百年

老鼠发芽的食粮也一样新鲜。街头的国王
都忘了随从是什么意思。清道夫们就像落叶

被时间一起打扫。荒芜的田地荒废的沟渠
给万物做好了铺垫。山坡上的牛羊继续滚动

野草和灌木林貌似一家。天生吾才都没用
要那么多用处做甚。上帝本来也不安排什么

上帝的事情足够麻烦。而此刻只要一个人
在雪地上轻轻往前走着,世界就会迎面而来

2020.1.10

胡同拽着死胡同有时候

胡同拽着死胡同有时候。活人拉着消亡的人
不是走错路而是绕了一个弯儿，而是想着

一条捷径直通目标太着急了。我喜欢远一点
人烟稀少方可天地辽阔。远一点也喜欢我

虫子和猛兽就怕猛兽和虫子，我怕什么
溪流蕴藏谷底，我跌到谷底后救了我

峰峦抬高了积雪。镜子瞬间被打破了
万物流淌下来。与垃圾为伍不要怪垃圾

垃圾不是灌木和乔木扔下的。喜欢远一点
把我丢在无村无店的某个地方。风声起于斯

雨收于斯。远一点的山比远一点的水更好
仿佛死胡同拉着胡同，看上去大家各得其所

2020.1.13

树上没有树叶

树上没有树叶，树上甚至也没有树的影子
胡同口的一棵古槐，被自行车带到冬天之畔

上马石和离去的主人之间，远远超过了
一个王朝与落日的距离。赵识广的大门紧闭

不管多少人沉睡，不管多少人做梦到天明
世界好像依旧前一天的模样。一面镜子

照看桌椅板凳，此刻万物也替我照看了生死
会发芽的发芽要开花的开花，一切的安排

都是最好的。假如枯树叶的纹理讲究起来
医学就会给农业上课，给鸡蛋挑选祖母

给一个人逻辑和台阶。多么木头啊多么美
树上没有一片树叶，而树叶上却有一棵大树

2020.1.16

小年还在雪地里玩耍

小年还在雪地里玩耍。冷到了三九最后一天
冷到了墙根儿没有停下。冷到了这个时候

万物最知道，《诗经》里的灌木和乔木还活着
野菜和皇帝一样慢慢消失。无益然却有生机

见山高可以料知水长，见白雪明白石头要塌
而冰冻一寸亦非一日之寒。腊梅花开开了

腊月的猪遭殃了。老鼠虽多可是什么都怕
老鼠的种子一发芽就是结尾，太漫长的结尾

春天等青草早点回来。春天比人类更加急切
灶王爷的烟火徐徐上升。喷薄灰烬的星辰

落满裸树的枝丫。雪覆盖的麦田没有消息
仿佛小年被吹跑的帽子，找不到从前的下落

2020.1.17

牡丹是不会败的

牡丹是不会败的。牡丹看到最后是塌陷
在不断摇晃不断折断之后，如小说的结尾

读者明明知晓。园丁照料不到世界之外
芍药这味药太迟了。从前的牡丹安然无恙

蔷薇在墙。玫瑰的表姐妹有来的有走的
结果便是山楂苹果，但也别忘了还有枇杷

神圣家族的亲戚们新枝招展，前程锦绣
唯有牡丹可观可叹。所到之处都给吓坏了

仿佛整个春天惹上麻烦。城堡成了石头
成了不会泯灭的废墟，成了最初的那一刻

闪烁至今的星芒。漆黑的种子深入黑夜
万物在风中打开万物，山归山花丹若牡丹

2020.4.7

早读

读亲生的，读最直接的

新鲜的树叶，昨晚刚刚打开的

谁都没有碰过的一本书

露水发亮在滚动的早上

蒹葭的笋芽并非执意隐藏

即使那么敏锐也可以不动声色

你读最近的荠菜和芸薹

几乎紧挨着，翻过来就是

葑和芜菁肥硕的根块雪白而赤裸

读更远的抱娘蒿

求米草和陶渊明之后的豆子

枇杷的蜜和樱桃的唇语

经过春夏之交的闪电

经过产卵的虫子飞走的虫子

经过结果的照耀和野兽的皮毛

然后你读马兰没有绽裂的时间
篱笆的缝隙和打碗花的时间
壶口周围谷穗受孕的时间

辽阔甚至万物都可以放下
随着不经意的那一瞥
你读了世上还没有触摸的诗篇

2018.6

拜年

旧年给辞了我给新年拜年。新年刮大风
我给窗外的桃树拜年。桃树等开花等你来

给我的春天拜年。那么多青草没人照料
却养育了肥沃的土地。我给土地拜年最多

拜年都跪在土地上。我给北方的麦田拜年
给土豆给辣椒给勺子拜年，然后溪水流淌

给我的冬笋拜年直到竹林七贤个个笑了
给我的魏晋拜年，在风骨上生出大好河山

我给羽毛干净的乌鸫，给乌鸫不吃的虫子
给虫子丢下的卵给槭树叶的茸毛，一一拜过

最后我给你拜年，萝藦都看见我哆嗦
大拜二拜之后，我拜倒在一粒种子的上面

2016.2.8（大年初一）

一个

我们一个

我们最好一个

我们最好的一个

我们的最好

大海一个

咆哮一个

深深的一个

无尽的一个

疼是一个

我一个

你也一个

就不是一个

我的你一个

你的我一个

再没有另外一个

妨碍我们一个

头一个

心一个

灵一个

神一个

萝蘼一个

星星一个

朝一个地方飞

飞到最高处还是一个

树一个

花开一个

风吹来一个

果实翻滚一个

不是一个爱一个

而是爱碰巧一个

黑夜一个

梦醒一个

天空一个

万物一个

2015.10.1

霜降

我用桃树叶写了霜降的诗

用波斯菊写了照耀

用银杏写了黄金和影子

用水写了秋天的安宁

用北风写了柳枝和摇摆

用山楂写了最后撞击的结果

用天空写了细雨

用石头写了大大小小的石头

用屋顶写了飞檐和瓦松

用松针写了光芒

用明月写了一个哈欠

用什么也不用写了到了时候

2015.10.24

我想你在

我想你在

在我们在的所有地方在

在栏杆和明月同在的时候在

在芭蕉花开的窗口我想你在

在云朵提着雨水的黄昏我想你在

在茶园青青竹叶青青的风中我想你在

在我想你在的任何国度在

在梦境和喜鹊混淆的阳台上在

在一棵漆树下早春和早餐也一起在

在寂静的村子在身边在

在苔藓死去活来的大森林里在

在不经意的点地梅与四月和在一起在

在羊群经过的片片草叶上在

在雪白的石头写字的石头上在

在烂掉的书籍和骑缝的大门上在

什么不在了还在我想你在

什么还在却不在了我想你在

什么和什么在不在不管他我想你在

在我们在一起别问了萝藦飞着在

在万物数着分秒的此刻等着在

在满山梨花回望溪流的桥边我想你在

2014.4.16

一些时光给了你

一些时光给了你，一些水给了树木
一些清风给了新月。一些东西给了词

剩下的是一些灯火给了霓裳和童话
一些梅给了横枝竖枝。一些河流

给了井水。一些玉给了屋檐又给打碎
一些窗户给了墙，一些墙给了耳朵

一些豆子给了房前屋后。一些雨
给了节气，一些劳动给了不劳动的人

一些梯子上来下去给了香椿和柿子
一些猫叫一些猫穿过春天，给了来生

和回忆。一些疼痛分别给了发芽和结果
一些鸟给了黄昏而黄昏给了一些歌唱

2011.2.18

维特根斯坦

经受了乌合之众的尖叫
但他害怕自己。一个幽灵
在哲学的园地上点亮树木
机枪手背着与战争无关的笔记

继续在火焰中勾画天空
如同苦役犯，在被俘之前
逻辑就是他的监狱
终于逃走了。带着迷宫的钥匙

从山区小学到修道院
他倾听词典同植物的争吵
世界的根基裂了缝，逼着他
上了建筑工地。他开始清算

从前抛下的金子和瓦砾
付出比楼层更高的代价
他发现。他躲避。最后他说
他度过了美好的一生

1993

遗嘱

生与死仿佛木桥与流水，相遇又错过。

这是命中注定的时刻。
我没有值得留下的遗产。
连我的孩子也都在我的心中先后病死。
我的最初的哭声预言了我的一生。

生存如此短暂，生活又是那样漫长。

忘掉我。
我的坟前不要竖立墓碑。
石头会被风化。
把我的忌日从挂历上撕去。

死亡如此清晰，生命却是那样模糊。

人啊！你好像坟头的轮廓！
心啊！你仿佛墓穴的外景！

至于我的葬礼需要开始那就开始好了。

不要等我。

真的，这是最后的请求。

1985

简介：

莫非，1960 年 12 月 31 日生于北京。诗人，摄影家，博物学者。出版有《词与物》《莫非诗选》《我想你在》《小工具箱》《风吹草木动》《一叶一洞天》《芄兰的时候》《逸生的胡同》等诗集和博物学著作。

自 1988 年以来，作品被译成英、法、德、意、西、荷、希腊、阿拉伯、捷克、罗马尼亚、克罗地亚等多种语言，在海外发表、出版。曾多次参加国际诗歌艺术交流活动。在厄瓜多尔天主教大学博物馆、佳能北京画廊等机构多次举办个人影展。2018 年 9 月出版《风吹草木动》（北京大学出版社），作者将博物精神投射于自然诗篇与摄影的一本奇异之书，深入挖掘传统二十四节气中国草木的物候之美，本书获得中国出版协会"2018 年度中国 30 本好书"，《中国教育报》"2018 年度教师喜爱的 100 本书·TOP10"，中国生态环境部主办的第一届"2018—2019 公众最喜爱的十本生态环境好书"等荣誉。2018 年 10 月出版草木摄影与自然诗篇的跨界作品《万物有生有命系列》（商务印书馆），其中《芄兰的时候》，写了一种《诗经》植物——芄兰的一生；《一叶一洞天》写了天目琼花冬天的一片枯叶；《逸生的胡同》写了一条胡同里抬头见低头也见的草木。本系列作品入选《中国教育报》"2018 年度教师喜爱的 100 本书"。

自述：

直接去写汉语、新汉语、当代汉语

不要说写诗。所谓的诗可以绕过去。直接去写汉语、新汉语、当代汉语。如果你写到家了，它们就是诗，高门槛的诗，绕不过的诗。那是一条隧道，太阳就在出口那里照耀。汉语的光芒照耀着不配照耀的一切。

我们现在看见的诗，还是冰山一角，看不见的部分埋在大海里，还没有被发现，所以，还没有被认识。最热闹的部分，看上去很高很亮很显眼，但不要忘了，是冰山下面的力量承载着。过不了太久，那些所谓"山尖尖"便给化掉了，落在水里，痕迹全无。

那已知的，叫别人去知道好了。诗人要成为智者，要我行我素，要一颗童心毫无准备。诗人最好不要成为聪明的人，到处是聪明的人，太多了，一点也不新鲜。非但不新鲜，而且那些捞上来的鱼放太久了。我们都知道，鱼放久了，情形如何。

小聪明在愚者那里没用，好像在智者那里就有用似的。小聪明就像硬币。人人口袋里都装着几枚硬币而且叮当响着。诗人还是要笨一些吧。我们需要笨的诗人。不笨的诗人走着走着就把诗歌丢下了。没了踪迹。没了回响。没了。

迷失者为什么碰巧都是热衷于走捷径的人？写诗就是走弯路。我宁可走弯路也不要找捷径。走弯路可以走很远，看很多。而抄近路，只是近而已，匆匆忙忙，什么都看不见，看见也没什么要紧的。况且，况且，世上真有什么捷径可走吗？莫须有，而我不信。

词语来了，事物亮了

没有词语，事物是混沌的，永远飘浮在黑暗中。没有事物，词语没有着落，当然也无须着落。词与物同时同在。词是线索，是钩子。词越简单，越本色，就越可能把事物从原始处拉拽到明白的地方。说先有世界，后有词语，是不会错的。但那个"世界"是非人的。没有词语的世界，也就是上帝什么也没说的世界。上帝说，要有光，跟着就来了词语。词语来了，事物自然亮起来，透彻起来，就赫然在目了。

诗人的词语对我们是陌生的。因为诗人总是要不一样的"说"。不一样的"说"，把一样的词化为不一样了。这需要诗人的"手艺"。有的手艺走高，有的手艺不长进，各有各的缘故。还有一种诗人，喜欢"耍"手艺，他们也有自己的田地，只要别落到"手工业"的地步，就没什么不可以的。最好的诗，大概是不显手艺的诗。读者看的是诗。要看耍把戏就去杂技场了。况且，诗人的把戏都比较笨拙，往往适得其反。

短评：

就像梭罗（Henry David Thoreau）拿着一柄斧头，跑进瓦尔登湖周边的无人区，后来完成了如此简单、馥郁而又晦涩的散文：《瓦尔登湖》；莫非则拿着一把剪刀，跑进清凉的花园和草野，完成了如此简单、馥郁而又晦涩的大组诗：《词与物》和《苏拔》。

这两部组诗，轻装，迂回，淋漓，欲说还休，欲罢不能，让莫非此前的组诗，比如《精神史》，或是《传灯录》，显得更像是某种意义上的"早期作品"——这样的早期作品，留有若干前人的鸿爪，通常乃是学习或练习的成果。到《词与物》出来，鸿爪已然寸断，诗人的书写对象也从"人"转向"物"，他不厌其烦地写到积雪、雨水、石头、青草、灌木、鸟群或巨雷，并且不时抓到跳上自己脚背的草蜢：是的，我说的正是"虚无"和"死亡"。

作为一个真正的园丁，莫非清除着杂物，"还一座花园的本来面貌"；作为一个诗人，一个怀有禅宗和哲学兴味的诗人，他又恍惚晓得，"最完整的园子还在后面"。

除了虚无与死亡，《词与物》还触及一个维特根斯坦（Ludwig Wittgenstein）式的诗学命题：词与物的对称和不对称，以及由此导致的言说的可能和不可能——如果翻开莫非的《精神史》，维特根斯坦赫然在焉，列于被同时写到的若干文学、哲学、史学和语言学巨匠之林。

诗人试图用"词"来呈现和挽留"物"，然而呈现的不过是背影，挽留的不过是残骸，世界已然变得更加遥迢、闪转和难以把捉。"也许你完全明白的世界／有赖于更深一层的表达"，表达的结果就是话语、文字和书籍。诗人对"表达"起了疑心，转而，也就对"书籍"有了弃意。组诗甚少使用生硬的非自然意象，然而，你得看仔细，在一堆可人的自然意象之间，"书籍"出现了，已然倒塌，"书架"也出现了，将要反扣于地板。有了此番深究，就可以看出：这部组诗，允称元诗（Meta-poem）。到《苏拨》出来，诗人已然更加放松。他为此前那个人迹罕至的植物世界，邀来一个仙侣"苏拨"——这是个超自然的交谈对象，超自然的倾诉对象——将诗人带向了一个朴素、松弛、温暖而又活泼泼的原在之乡。

诗人，苏拨，都如初民，只剩下快乐和敬畏，再也不絮絮于虚无和死亡。不必问"苏拨"是谁，正如，不必问"吉特力治"是谁：莫非不会回答，正如，陆忆敏也不会回答。从《词与物》到《苏拨》，就是从"自为"到"自在"，故而，草树先生将《苏拨》誉为"当代文学一个小小的奇迹"。这两部组诗卷帙甚繁，均有三百篇之多，不可能不是"反复书写"的产物：这首诗或是那首诗的前奏，那首诗或是这首诗的余音。因为写得太多，有时候也不免"空转着轮子"。

除了这两部组诗，莫非还完成了大量的短诗、长诗和小组诗。他娴熟地运用口语、断句、歧义词、矛盾话和刀切斧断般的节奏，接近了"对汉语的赞美"的境界，并通过虔敬地求和于植物、动物和大自然，加入了超验主义的小分队——在这个小分队里面，除了梭罗，还应该有爱默生、普里什文、法布尔、王维、陶渊明和李聃。

——胡亮

高　星

川藏行组诗

马尔康的余晖

那年冬天的早晨，我乘车路过马尔康

当时路边的加油站一个人没有

我擦身而过，感觉是蹭了点油

这次到马尔康，正好赶上了黄昏

背后的成都，似乎已被黑夜吞灭

太阳的余晖，正好照在城里的山头

像一朵锦绣的大花

被刚刚擦亮

梭磨河像铁水一样地狂奔

蓝色的词语不惜地保留

商场和街心花园的健身器材

把嘉绒的颜色修饰一新

色达的色

红色和粉色的屋子

红色和粉色的袈裟

这里的女弟子似乎更多

一位戴红帽的姑娘，脸上泛着红晕

我和她站在公交车的前面

她拒绝我的搭讪，比城里人还决绝

望着她远去的背影，就像一棵秋天的草

我觉得管她叫"女学生"都有点色

壤 塘

彩色的楼房和国庆的装饰

如立邦漆的广告

街上没有人，车全在停车场

我想象每一个人可以住一间房

比佛龛还要宽松

许多家阳台上堆满木柴

一个来自四川的女人

为我端上一碗兰州拉面

藏在棒托寺暗处的牛皮

牛皮包裹的转经筒如同当年皮匠的手

楼上有 50 万片石刻的《甘珠尔》和《丹珠尔》

元代的喇嘛塔土里土气

塔里的擦擦挤开了木门

壤巴拉山把则曲河深深地踩了一脚

转经的人在跋山涉水

碉楼里的老太太一晃不见

似乎历史总是幽暗的，比如碉楼

窗前的老太太是家里的主人

她或许见过许多人，懒得开口

日司满巴碉楼原来是送给女人的礼物

因为爱情才有这样的雄心壮志

一本老旧的佛经，挂在楼上的木柱上

干草堆像洗过的一样

我小心翼翼地站在三层的阳台上

楼下有一家人在盖新房

红色的拖拉机把石块撒了一地

在杰德秀古镇我去寻找一条围巾

这里是给文成公主纺织氆氇和邦典的地方

难怪我看得顺眼，条条是道

街上有卖窗帘的商店

藤编的背筐要 300 元一个

一个藏族少年领着我，走街串巷

来到一家出售围裙的商店

他家的缝纫机，把我的渴望缝合

又走过一家寺院，在一个破旧的院落

一位叫拉果次仁的残疾人

正在晾晒刚刚染蓝的土布

他从一卷手工的氆氇上剪下两条围巾

如同在对的地方遇见对的人

青稞是一粒一粒的

飞机飞过吉雄镇红星村的上空，充满喜悦

拖拉机也在张牙舞爪，冒出黑色的云朵

种青稞的人，大把大把地撒着种子

逆光中，像均匀的雨点

在杰德秀镇上，一家人在炒青稞

有三个火塘的锅灶，热情饱满

穿着蓝色氆氇的女人

把晾晒的青稞举过头顶

洒下金色的雨瀑

乌秀老人的肢体动作

她从屋里就听见远处开来的车

见到久别的客人，拥抱着对方的头和脖子

用头顶蹭来蹭去，像狮子也像孩子

她还亲吻着对方的脸颊和手背

伸出的舌头，吐出玻璃的目光

在昏暗的屋子里，她的银发

像鹰的翅膀，静静地收缩

她早年收养的弃婴，已经生了两个孩子

冲嘎村的好水

我在高铁上见过"5100"

原是来自念青唐古拉山 5100 米处的冰川

矿泉水厂就建在冲嘎村的山上

是西藏在香港上市的第一家公司

村里还有一家康马温泉酒店

泛黄的热水来自叫"申都拉"的黄土

也是藏族人制作坛城的原料

可以清热凉血，去瘀生新，消肿止痛

但这些和村子里的人无关

藏族老人用火塘上的锡壶

为我倒上一碗酥油茶，他拿出"拉拉"

让我泡在茶里，我面有难色

如同奶酪，一脸蜡黄

村外有一大片冬季的草场

曲玛弄泉水的溪流像蓝色的闪电

把草场照得像狮子一样金黄

割草的人举起月牙的镰刀

溅起河水里一道火花

守国兄刚刚为我和王健照了张合影

一脚倒车，把轱辘陷进了泥塘

王健显得经验丰富，捡来几块石头

在 4288 米的海拔，开展了一次救援

我若无其事，眺望远处的三块巨石

那是格萨尔王的王妃架锅做饭的灶台

最近随处可见的死亡

8月12日，到德钦参加藏族姑娘兰婷的婚礼

日照金山的卡瓦格博，总像披散的婚纱

那年我见到兰婷时，她还躲在她父亲的身后

她父亲是我们转山的队长，她母亲背着一口袋面馕

我举着一根绿色的竹竿，上面插着一束青稞

今年我看见她父亲又在转山，身后站着兰婷的妹妹

她也举着同样的一根竹竿，如同她不久也要成婚

在兰婷的婚礼上，几位长者高声吟诵着史诗和训诫

我无心记住新郎的名字，只知道他来自尼西

胖胖的身躯加上厚厚的藏袍，似乎全是担当的责任

我从北京打着飞机而来，想到此生的一面之交

看见许多男人没有间断的舞姿，酒杯和弦子从不离手

我逃离着这一切，羞愧自己白白活过的一生

8月22日，到阜成路304医院参加体检

头天不能喝酒，似乎成为每年体检的大事

检查前列腺的大夫，戴着一双透明的塑料手套

他炫耀地伸出十根手指，好像都是健康的阳具

他每次都会对我说：来享受一次

完事后又对我说：你还要继续努力

为之恐惧的，似乎是可以丈量的欲望

检查 CT、B 超、心电图时，医生总是让我吸气

我躺在那里，心平气和，双目闭合

就和死了一样，我知道体检只是为了多活几年

9 月 15 日，到永陵公墓为母亲扫墓

坟墓是必要的学校，每次我都不知道该说些什么为好

早年带母亲来看墓地时，母亲还说有这么多邻居

出租司机每次都会对我说，你们对母亲真孝顺

墓地的风水太好了，享受皇帝的待遇

嘉靖皇帝生前选定了此地，说建得要比长陵小点

他陪葬了《永乐大典》，那是他的日常读物

他甚至把十八道岭，改为了阳翠岭的名字

母亲的墓碑薄薄的一片，就像她的一把骨头

母亲的墓穴，面对德陵的五孔桥

桥栏被修饰一新，干涸的河床上全是虚荣

枯草被母亲念叨，变成了家乡枣强的谷穗

9月25日，在西单偶遇6年未见的日安

只有被设计的时间，才会成为缘分

第一次见你，应该是眼睛的光，是水

而且背景轻盈，红葡萄酒的碰杯声悦耳

现在的你，是全身的光，是闪电

嘈杂的环境和慵懒的会议，我不知所措

走入你的语言体系，就如生命的脉络

多说一个字，都会像写的错别字一样硌硬

想象还在地铁中延迟，距离就在空气中冻结

今生今世一下见底，有开头总会有结果

许多人都是老死不相往来，如同逝去的时间

彼此天各一方，记忆老得迎风流泪

10月3日，在拉萨见到多吉的遗像

丁嘎的画室其貌不扬，但屋里的阳光来自远处的山尖

丁嘎娶了多吉的妹妹，千丝万缕也能接续

多吉的遗像随处可见，如同他可以听见我们的议论

他的目光深邃，永远在游离，还有点顽皮

当年在拉萨街头的酒吧，我第一次见到多吉

他穿着西装，喝得一脸昏暗，如同楼梯的拐角

他认真地发我一张名片，被周围的人嘲笑

传说他在老家曾杀过人，后来学会了刺绣和画唐卡

我去过他在江孜的作坊，藏香弥漫在整个巨大的院落

在丰台东大街 307 医院，我看见他身边有个年轻的姑娘

他放弃了换肝的手术，说是要痛痛快快玩上几年

后来他悄悄地去了一趟印度，再没有回来

10 月 13 日，到阜外心血管病医院看望唐大年

病房里散落着几本佛学的书，让明亮的窗户变得合理

窗外更明亮的是可以眺望，白塔寺和北海的两座白塔

晚霞染红的是近处的住宅楼，远处的中国尊养尊处优

大年吃着张弛带来的包子，一口吞掉身体内部的秘密

医生说有两种手术方案，我们不知所措，人云亦云

都说人总是被医院治死的，中医也不靠谱

我们都老了，病在门外排队

医生禁止大年离开病房，那是怕他看见未来

10 月 14 日，在茂林居烤鸭店参加张弛 60 岁生日饭局

10 个人的饭桌，来了 20 个人，人多热闹

狗子进进出出，永远是心不在焉的样子

阿坚因势利导，将一杯红酒洒在一个姑娘的身上

于一爽人见人爱，周军一个劲地喊着伟大

她的笑声如同焚烧骷髅，成为取暖的劈柴

张弛的头发已变得若隐若现，就像他的言语忽上忽下

他父亲今天对他说道，抽烟喝酒的人都死得快

不知是忘了还是已然忽略不计，没有说到房事不要太勤

这让张弛憋了一肚子气，像小彬带来的 50 斤的黄酒坛子

老猫老久没见，他说最近看了几本书开了眼界

地球一百五十亿年前五十亿全是虫子后来恐龙灭绝了外
　　星人流放人种在埃塞俄比亚现在是平行宇宙生孩子是
　　劳其筋骨手机是暗物质指引结果人上火星是必然三体
　　星是北极的五倍灵魂附体是可见的未来……

旁边有信上帝的人说，一般我们不这样表述

也有人问得更加现实，我只听懂了 50 年后婚姻肯定解体

简介:

高星，1962 年出生于北京丰台，祖籍河北枣强。自幼喜欢画画，也一直从事诗歌创作，喜好旅行、收藏。

1995 年参加诗刊社举办的青春诗会，在多种诗歌报刊选集中发表诗歌作品。

曾在中国摄影出版社出版大型摄影纪实画册《京华名人踪迹录》，获中国摄影出版社优秀作品奖。

自 2000 年起，在全国各地走访民间手工艺艺人，对手工制作过程、工序、传承、生存现状等进行实地采访拍摄。出版图文书《中国乡土手工艺》（一、二、三）。

出版《向着西北走》《向着东南飞》《香格里拉文化地图》《执命向西》《人往高处走》等为摄影及文字结合的旅行图文书。

出版文化评论《屈原的香草与但丁的玫瑰》《镜与书》《夸夸其谈》。

出版收藏类图书《百年百壶》《老保单》。

出版亲子图书《女儿档案》《天天向上》。

出版诗集《高星诗选》《词语诗说》《壶言乱语》《十年情诗》《诗话易经》《转山：高星藏地诗选》《疗伤》。

自述：

　　诗歌的问题毕竟不可能在对真理的探寻之中完成，就像诗歌的写作过程就是一个神话的创造与编织的过程一样，我们都会感叹一句：诗，那是神来之笔。要与世界乃至宇宙对话的诗人，那肯定是在神秘的层次之中才可以展开。

　　列维·斯特劳斯在《神话与意义》中说："我们当然相信，在我们所生活的社会当中，历史已经取代了神话，并履行着同样的功能。但是在我们看来，社会的未来永远是不同于现在的，而且越来越不同；当然有的不同是取决于我们的政治偏爱。"诗歌就是神话再生与延续的最好的路途，因为诗人就是神话的信仰者，也是神的语言的传递者和翻译家，神话正是在这种反复的说服中完成确信的。

　　一首诗也是潜在于语词秩序中的东西，是诗人所愿望的"内容"。还是弗莱在《原型批评：神话理论》中说得好："写诗要成功当然需要丰富的技巧，但那些最为这些主题所吸引的多半是缺乏技巧的诗人。但丁和弥尔顿无疑比达尔文和弗雷泽更长于诗，然而也不妨更有效地说，正是由于诗人更富于直觉和判断力，才使得他们去把握有别于科学的即描写性的宇宙论主题。""宇宙论的形式与诗歌形式显然更为接近，这一说法本身就意味着均衡的宇宙论可能是神话的一个分支。"

宇宙不仅是一个真理，也会是像神话一样成为诗的一种结构、一种形式。

短评：

高星的《疗伤》与其说是一首长诗，不如看作是 51 首短诗的连缀。每首诗之前，都有一段看似与诗无关的叙事。它们似为后面的诗句作注，又似在"顾左右而言他"。这种写法，高星在《疗伤》之前的另一首长诗《转山》中就有了，这次更为扎实。51 首短诗在抒情、呻吟、自言自语，而相应的 51 段文字完全是在写实，写引发诗歌的本事或住院治疗期间关于"手""手艺"等等杂事。诗人故意设置了不同处境的交感，使虚与实混为一体，增加了阅读的延展度。里尔克说："凡是眼睛所能看到的东西，都是生活的复制品。"高星的诗写的是看不到的、想象中的事物，诗前的文字却是在复制生活场景。姑且不去讨论两者之间是互为线索，还是隔山打牛，就文本形式而言，也是颇有趣味。51 首短诗构成了这首长诗的骨架和血肉，这些付之前段的文字，不妨看作是诗体的毛发、光影以及生发的异味。

《疗伤》是一首关于爱情、生命、伤痛和虚无的长诗。爱情给人以错觉，是诗歌历来不歇的主题。《疗伤》

也是。第一首诗的开篇文字点化了前因——"一切开始都是错的"。构成《疗伤》的这些部件进入了运动状态，时而激烈，时而缓慢，夹杂着欢愉、沉闷、絮叨，像旋转的陀螺，不停地变幻着嘴脸。运动中的物体没有开头，也没有结尾，只是中间色彩在流动。在它动力用尽悄然倒地的时刻，爱情的伤痛才被放大，转变为类似病床上酿造的苦果。"壮怀激烈，波澜壮阔 / 然后却是形单影只，万念俱灰"。爱情和生命一样，变幻着旅途上的路径和风景。诗人心知肚明，又难以放手。

诗人揭开了爱情的两面：未得到时心怀甜蜜，满脑痴迷，一如疯癫；得到了却发现并非想象，甚至判若两样。路人无数，"戈多"终究没来——爱情的悖论，是理想的"戈多"还在不知远近的路上。生命短暂，等待漫长；爱是精神，性为物质。孤独感和爱无能织成了一张网，铺展在全诗的角落。多半时候，诗人在审视沉寂的爱，在孤独中回味往昔的点滴。他假设不可能找到那个虚拟的对象，因而决绝；即使找到，也难以达成语言和思想上的解脱。人与人之间的无法沟通，在爱与被爱者之间更甚，这种与生俱来的孤独感，迫使诗人寻找"神"的救援。爱是无能的，不再局限于"性"，与之相伴的高潮像一个个转瞬即逝的流星，被更多更长的茫茫无际的黑夜覆盖。"时间拖着消失的良辰，越来越远"，"整整一年的，激情。洒在漫漫长夜的路上 / 时间都已苍老，心早已无法吐故纳新"。面对凡俗而刺激的爱与爱人，诗人显出了倦怠。诗中频繁出现的"草莓、水、海、风、火、火焰"等意象，指向"美、爱、性"。草莓的香艳、多汁，水和海的流动和冲击，风的速度和变化莫测，火与火焰的毁灭，直接道出了爱情的脆弱、游移造成的内心无助、难以愈合的伤痛。

——刘润和

海　城

九月：怀念札

九月准备好了，

向十月摊派更多的落叶，

我拾得一枚，藏进梦的抽屉。

一只伤心的秋虫，

将躯壳打制成了：一副水晶棺。

风中的香瓣，像是祭奠。

空谷转发的回声，

被一块老石私录了，

怀念的咏叹调，压入体内的八音盒。

登上山野的秋阳，

造访了草木的乡亲，

送温暖，是它一天的工程。

接受了旨意的小径，

裸露着空怀，

两旁的树木，身上涂着秋色。

一束束老迈的阳光，

依然忙着，在峰峦的胸上刺字，

所写题目是：博爱。与道法自然。

一滴夕露说：

能够说出的孤独，

不是孤独。哦，生命的羁绊

——瓦解了，

我的西郊行够纯粹，

结识了枫叶欢愉的姐妹。

灵魂轻如浮萍

漫步于小公园，

背影被晨光捉住，

身体里暖洋洋的东西，

袭入每个器官。

小鸟的晨歌，

是新鲜的，被柳叶铭记于心，

在初夏的课堂上，

变成一支动人的练习曲。

永不抱怨的小湖，

多么令人尊敬，

它不计较四季的得失，

守着寂静，众多的美景喜欢与它合照。

绿水里的脸颊，

能否看穿前生，唏嘘与轻叹之间，

那些游荡的影子啊，

化为金鱼，等一个人前来相认。

一旁思过的岸石，
已解除了罪孽，期盼更多的雨水，
一次次净身，静如风中处子，
让蝉鸣穿心，拨去冥顽。

托江南之韵，
奉北方为家乡。
我于此浪迹，像古典的愚才，
得了自然之道，灵魂轻如浮萍。

爱所有深爱的

旧时代的墙上，

青春的字迹已斑驳。

欢颜隐匿于云里，

故地，只剩下零星的雨声。

我们的心还是小野兽吗，

激情囚在茧里，

兀自歌唱！遥远的声音，

雷声被霜冻，那些不屈的，死后见气魂。

有多少走失的影子，

无法复原芬芳的姓名，

背后的壮烈被掩埋掉了，

一丛迎风的秋菊，以余香祭拜。

为了像人一样说话，

我们活下来，将思考降到膝下，

做一个好人，爱所有深爱的，

看某个季节，咯出一摊红梅的血。

我们修炼的两手，

一手为诗，另一手为远方，

灵魂跪在中间，吸收最柔软的部分，

画下明月死守的星空。

所有关于美的，

都可以充饥。信使归来，

带回复活的春天，

春花的赤子一身露水，令我们失声痛哭。

新大陆的驿站，

笛声悠扬，在每一棵树上刻下记号，

重生从这里垦出小径，

第一步，受一束光指引，大地由悲转喜。

我们都化为愿望的保姆

二月的马匹，

守着静默，不肯出发。

它的迟疑套着缰绳，

一旁的树，羞怯地展览着幻梦。

远方之歌冲出肺腑，

在复苏的大地上，与暖流相挽，

一同寻觅失散的知音。

这时间，大彻大悟的草木，

听见了泥土的低鸣，

抹去身上的锈迹，

抬起头，将恩情塞入阳光的掌心。

一直想说的话，

由鸟雀抢先说出了，

它飞着，拖着天空，将所有的死变小。

一座小湖赶制的微波，

滤掉痛楚，将希冀揽进怀抱，

酝酿宏大的欢喜，

幸运的人啊，请接受这恩赐。

二月的马匹，

还守在原地吗，

我们化身为愿望的保姆，

掏心掏肺，呵护离朝阳更近的东西。

十二月心迹

十二月的标签

展览的羞耻，令我惊悸

体内的指南针

向右弯了一寸

冬阳下的反省课

暂没有中止的迹象

往事老情人的一席废话

句句打在心坎上

构成新疾病

晕眩啊，晕眩是一头豹子

像我的痛，大过年龄

十二月的寒气

继续考验着落叶

对于明天

我才不表白呢

想象歪着头不顾我的反对

一直出轨

四个孩子的未来

搁在远处，用一个谜引诱诗句

现在不可爱

也不放大坏处

我沿希望的路线去踩点

他们说真理是危险的

危险得像雷

警告我，别去碰它

拯救孤单

所有的词

同你一样，处于分裂状态

新一轮搏斗开始了

我不可能，也无把握，与它们和平共处

词是孤单的

我也是孤单的

所有的孤单，只剩下一个目的：拯救孤单！

富于侵略性的秋天

富于侵略性的秋天

将万物的影子踩在脚下

听，告别乐队开始演奏了

其中的一个音符，恋上了归隐之心

一场白霜的肃杀

威胁到秋露，草的身下

一只虫子也疯了

吞下寒气，在遗嘱上签字

每天的生死

日夜替你我记着账本

那悬念，穿过生命的魔方

看最后，是否是统一的颜色

一桩两季的好买卖

谈崩了。一文不名的树

失去所有的眷属

与老秋风结下梁子，视自己为仇敌

昨天

昨天用鸟的舌头

为记忆，留下众多的注脚

摘出一个疑问句吧

这样就可以垂钓

深水下面

一个死去的少年

只剩下骨架

时光不停地闪动着斑纹

直至另一个陌生人

满头白雪，替他活在尘世

昨天所推倒的

青春真理，还余存一片雷声

在远处喊叫

写诗

如果故国还存在

就派一个不戴镣铐的李白去沉思

关于死神

死神是无趣的

它用它的无趣调戏着人类

密约

人生再悲苦

总有一个良辰靠近明月

与爱情缔结一个永不兑现的密约

幸好黑夜一直是慈爱的

生命的塔尖上

坐拥着欢乐的宠儿

引诱着众生

最上面，高挂着油腻的浮云

苦难是形而下的

风吹过的，霜打过的，以及雷劈过的

一次次从无数个死里

跃出一头狮子

舔着伤口，朝落日咆哮

最下面，海水的静默触到了底线

开始摆动着夕昏

幸好黑夜一直是慈爱的

继续宽宥，并拿出全部的耐心

教失望的人们，怎么跃上黎明，成为星光之子

大地间，万物都是可爱的

四季丢掉的

大地全部捡了回来

在大地眼中，万物都是可爱的

从来没有什么废品

我比任何一天都更爱这尘世

几声麻雀的晨鸣

将我唤醒。梦还在一旁卷动着舌头

似乎不甘心

似乎还有话没有说完

就生锈了

遗憾之斧

高高地悬着，拒绝销毁虚言

窗外的鸟声连成一片鼓励

我被感染了

比任何一天，更爱这尘世

更相信晨光的召唤

神圣的东西

在一面镜子里藏匿

我用想象的诱饵，在里面垂钓

新鲜的等待不去呼叫

独守寂静，像中了魔法的女人

视爱情之外的，为仇敌

秋天的晨景

令人沉溺。我与麻雀之间的联系

一点也不虚妄

它的语言我似乎懂了

它的天空，一如我的天空

高处与低处，那么多起舞的事物

被我一一珍惜

2018，岁末记

2018 年的日记

剩下最后一页

空白之处，匿名的小悲伤

咬断了舌头

春夏秋三个好闺蜜

被冬天拆散了

万物献出每一季的锦绣

然后去离婚

给自我解放一个迟到的意义

阳光还落草在树上

与最后的叶子促膝谈心

请问哪一种逃离是可靠的

哪一种疾病窝在体内

为虚幻的敌人敲鼓

每一天虚晃的幸福

摆出迷魂阵

爆出许多乱子

那些乱子啊，化为新素材

冲过来将美梦一一打倒

有人藏在岁末里

不敢出来，为自己写总结

一场美艳的烟火

散去后，还代表爱情吗

无法为灵魂压惊

谜局

天下绚幻的谜局

好像都去了爱情那里

猜吧，猜出的真理替你作伪证

月亮啊，月亮是著名的伪证之一

四月的抽屉始终是敞开的

拉开四月的抽屉

春天非凡的魔术

把无数的谜，呈在面前

足够我猜上一星期

这避免无聊的艺术行为

把现实放在一边

单性孕育。四月的每一天

花朵们赶来，为一次性的绽放费心思

她们是成功的

她们有最具活力的器官

养美的仪容和妖媚气质

四月的梦工场，唯独我的语言试探不成功

尽是些败笔，摔碎玻璃罐子

一道谜的旋涡破了

另一道谜匆忙补上

我会生产一管好运气的镇静剂

给自己注射，让我明白五月的术数

是可以解开的

可以放声歌唱无意义的生死

与原罪不沾边

镜子总在说：她们并不纯洁

不能与白雪共享一个比喻

罪孽啊，这样的想法是邪恶的

就凭此，母亲不会宽恕我

除了怜惜，母亲的恨也格外珍贵

促使我一边提问题，一边报效

四月的抽屉始终是敞开的

端不上台面的疑问

让花朵用魔术的方式遮蔽吧

不过我要问问自己

是继续做集梦者

还是守着厨房，做一个烟火证人

在平庸生活的杂碎里，渐渐将夜莺遗忘

诗心

"诗心即慈悲心"

是的，是跳动着的大慈悲

那高贵的、不屈的、散发性灵的，皆源于同一个慈悲的身躯

我从这躯壳里，听到了不朽大地的一声声叹息

是的，我惧怕

在梦与现实之间

趴着一条危险的鳄鱼

我的生存经验总结出来的

只这么一点艰难

鳄鱼的邪恶眼神

及灰色的眼泪

是我唯一惧怕的

是的，我惧怕，惧怕变得比它更邪恶

简介：

海城，本名侯瑞文，1962年1月生于北京海淀，祖籍辽宁。童年和少年时光在辽宁海城乡下度过，故取笔名海城，表怀恋家乡之意。1975年回京，就读于宣武区广外一小，后升入北京第八十九中学。1978年考入首钢技校电修专业，1980年秋毕业，进入首钢电修厂工作。业余时间习诗，曾在《诗刊》《中国作家》《北京文学》《诗探索》等文学杂志发表诗文。1997年出版诗集《永远的守夜者》，同年加入北京作家协会。诗作选入多种年度诗歌文本，现居北京。

自述：

对于我来说，诗的写作是一件很重要的事情，尽管这种重要性渗透到生命里时，显得时而光明，时而晦暗，却始终贯穿于我的灵魂之中，赋予我化解现世苦痛的韧性与力量。可以说，持久的写作过程，让我越来越清晰地辨认出自我，并在此之上，同所处的世界建立起一种隐秘的、足可信任的联系。在漫长的岁月里，其间混杂着书写的炽情，种种愉悦，甚至是偏执；也有茫然、痛楚抑或难以启齿的伤害。然而正如卡夫卡所言："写作是一把劈开心灵冰海的利斧"，秉承着这信条，我像一位怀揣热爱又极为笨拙的学徒，一点点向它靠近，渴望找到这把不知隐匿于何处的利斧，进行无尽的尝试与探索。这种创作上的心路历程，想必是每一个诗者的必经之径，无法逃脱的一种历练。我试图慢慢接受它、消化它，直至与生命本体融为一处，变成其中的一部分，最终消释了这种如影随形的困扰，使我的内心趋于片刻的澄明。也因受惠于此，让我觉得在每一次的具体抒写中，诗人当如凛然于世的王者，并有冲动将一己的心绪通过富有承载性的艺术语言，诗意地嵌入纸上的苍穹，与星辰相伴，或在它们旁边，发出些许的微光。我想这已经足够，足以映照诗人与生俱来的孤独的存在。

短评：

面向自然与灵魂的轻柔宣誓
——海城近作简评

　　海城近些年的诗歌里常常出现与"秋天"相关的词汇，"秋虫""秋阳""秋色""秋菊""秋天""秋露""秋风"……与"秋天"相关的词不但数量多，而且延展丰富、变化多端。这或许是海城诗歌中一个值得注意的小现象。"秋天"的反复出现，不知道是否折射了海城的心境。海城坚持创作已经三十多年了，逐渐步入人生的初秋，但他仍然保持了令人称道的感悟力、想象力和表现力。

海城是一位时间与自然的感怀者，他的近作往往从身边景物入手，一片落叶、一滴夕露、一次郊游、一次小公园的漫步，在他的笔下都闪现着诗性的光泽。他感慨时间的更替、草木的变化，同诸多微小的生灵对话，也在自己内心默默独语。他在作品里多次提到"道法自然"和"自然之道"。"道"的解释变幻无穷，这也给海城诗中"自然"与"诗歌"、与"自我"等的关系拓展了丰富的阐释空间。海城在《九月：怀念札》《四月的抽屉始终是敞开的》里还提炼出了"抽屉"的意象，把"梦"和"时间"放进抽屉里，成为自己独有的精神收藏，着实耐人寻味。

海城的诗歌里几乎没有情感色彩浓烈的词语，反而他似乎力求意象、词语的微小和精妙，比如"小径""小公园""小鸟""小湖""小野兽"，与之相关的还有"影子""浮云""浮萍""幻梦""遥远的声音"，这些意象如烟似雾，可睹可闻却不可及。可见海城在择词方面十分在意，并且形成鲜明而独特的风格。海城的抒情也显得非常轻柔，往往是"唏嘘与轻叹"式的，但是他的情感却一点也不浮泛，他直言"我比任何一天都更爱这尘世""幸好黑夜一直是慈爱的"，在海城的笔下，这可能是他最激越的抒情句式了。读海城的诗，可以体会到诗人对于灵魂的爱惜，对于自然、世界的敬爱与感恩。他其实是一位轻柔的宣誓者。

海城在诗歌里很少直接叙写生活场景，但与其说他不屑、不甘于做一个"在平庸生活的杂碎里，渐渐将夜莺遗忘"的"烟火证人"，倒不如说作为诗人，他更懂得如何用"精巧的说谎"去平抑"诚实的自白"，倒不如说他是循着废名、沈从文的痕迹去描绘苦难的。"如果故国还存在，/ 就派一个不戴镣铐的李白去沉思。"其实，仅这一句便足以显现海城那深患洁癖的灵魂。

——冯雷

殷龙龙

福音

你对我说："读点《圣经》吧，龙"

这话在雨中被淋湿，甚至放不下一条船

其实我还不懂怎样爱你

我说人们的热情都在酒吧

在屋顶。瘦瘦的侍者端上啤酒和红茶

大海远远地讪笑

大海可以淘汰自己的骨灰

粗糙，够不着码头

大海可以拉着我，飞快地逃

隐居十年，最容易伤害的是自己

从此我们像盗版的光盘，越禁越多

越多越被真正地收藏

我的爱也让我爱的人妒忌

插满钢针的家，这里有清朝留下的木雕

也有我的亲人

像窗台上的盐，一粒比一粒透亮，充满张力

如果是蛇就蜕皮，上帝准备好道具

如果太直接了，天堂是两瓣的花朵

盛开，枯萎

那就埋葬人们的善良

祈祷诗

家门敞开

十月的夜晚在爱的人那边

像一阵风，像梦

落下来。翅膀庞大，我的野心，我的悲伤

就这样漏下去了

生命如沙；我们一起赞美吧

无论是谁

无论在什么地方

还有一个地方身上有硬壳

使我走路很慢

很孤独

等着邮差，我们赞美

北京故事

外面的风眉毛胡子一起吹

我的梦也越描越黑

我的嘴这么撇着

我的胳膊这么摆着

我的这副样子是你想出来

唬谁的

记忆里你穿长长的裙子

看上去没有脚跟

很像蜥蜴

蜥蜴说：要走就走大模样

神态和大地这么亲密

双双苍茫，踏夜而行

距离是听话的蚂蚁

我追不上你，就往回

去北边逗咳嗽

到西部捡沙漠

上南方骗吃喝

夏天称兄弟

冬天熬一锅粥

临了，我把想你的日子搅搅

让红的姓殷

让你叫我龙龙

一户一家

大俗大雅

门上喷鲜红的对联

青砖灰瓦，颇有前朝的入时之风

人们晒太阳，码蜂窝煤

生老病死

勺上雁么虎

把所有昆虫送回家

那些大白菜没把你邀来

堆在驴打滚的地方

给人添不是

张大妈姓屈

曹大妈姓杨

刘大妈姓迟

四合院变成了大杂院

母亲就说我：没魂

九月的问候

一辈子都咸

十月的房子半不啰啰

帆布卷起一角

满世界找辙

你揣起沉甸甸的落日

和我闷得儿蜜

你说：这样好的事物

应该深信不疑

满嘴跑火车

觉得自己像小学生被老师批；

老师是早点，

吃了它，一生都不饿。

我的第一本诗集，

经过千山万水，终于到了根据地。

半辈子的心血！

即使半辈子，也有好多诗歌无端地被砍，

没砍的也不同于从前。

四十多岁啊，一只大口袋，

揣着明白装糊涂。

要改一首诗，一个词，意思可能就没意思了，

况且，那些都是无可替代的，

敏感的，灿烂的，宗教的，龙龙的。

立冬

今天我看到落叶三十年前的安静

躺在马路边

我开车过去，想想是不是要把它扶起来

它越来越暖

它的年轮藏在粗壮的树干里

落叶有齿

长年累月地锯

尤其在阴天，我的诗总莫名其妙地疼

我说的是三十年后的一天

那一天，那一天你把落叶撒到我的墓上

就看见石头竖起来

像全世界的男人都竖起领子

上面有字，火焰般地走

——以马内利

羞耻如此简单

十一月，继续黑下去。连古板的河流也想钻被窝。
它们路过我家了吗？屋檐不知。

那堆布。
垃圾箱里冻死的孩子如同僧侣自焚；冷暖不知。
他们用怕和无畏证明自己不是坏人。

让羞耻在腐朽中遇见我。宽窄不知。

干耗

折磨、干耗，一个没有方向的家

靠着门框过门槛

火车已经掉下去了

那里堆着后半生的糗事

女人跟水果一样

熟了生着吃

遥祝诗社老友相聚

活在不重要里

我们把一公斤的故事轻拿轻放

把皱纹弄成根雕

梦有间隔而词连成一片

这光阴，还是个孩子

以笼络的方式爱我。我在远方

安的妮

阳光需要自己独行。

你不要跟着，黑夜正发飙。

在它的边缘，一年一次的边缘

一座城绕着足迹燃烧。

三千个勇士没有不流血的

三千根蜡烛没有不流泪的。

今晚我把这首诗吹得大大的，里面装满

生命、风和自由

权当生日礼物

送你。

羞耻，U 形铁掌

好吧，你执意不肯原谅我，

那就离开吧，如同某某离开自己的出生地。

离开马首，离开群类，

带着僵硬的腰渗血的骨头，盘缠少许。

不是铠甲的路，不是缺陷、伤口，领航员。

先一步逃避抓捕。

挡着诗句。

轮椅减轻其重量，深陷其中的屁股

轻飘飘的，总有推者推火车。

有幻听，那喉管爆炸的巨响，

无时无刻不在风中。

那就离开吧，生死托给四肢，

血、精液和泪水滚在尘土。

我吃饭要你们喂，

我说话要重复三遍。我是自己的沼泽地。

拔出脚，心就坦荡。

一路花的银子是捐来的，那么多疾病

撒在大地。空空地换。

那就离开吧！鼠标在软键盘上一字一字地打，

羞耻的长诗一行一行地露。

本该为失去信念的钉上

U形铁掌，本该是我的双腿落在你的故国，

换头术做引子，

它的创造者追求传说中的名。

残躯，余生，我不觉得还有无尽的时光，

钟在钟楼偶尔敲响，雪还没下，

再赊一场忘却、得到的旅行，

我到死也行！

我那可怜的错误，像战马累得不行，

连射到尽头的箭也躲不开。

离开吧，维稳的噱头随处可见，

我却弃鼓楼，

做逝者，一蹴而就。

真实离开另类，离开前熠熠发光：

儿子的送别，车厢的秘密，皮箱，羽绒服，

高铁的刺，

命里的南京、杭州、常熟，

她们约我出来只是为了更好地让我离开。

离开在结束前，

背影整成哲学家，

它一直被忽视。上帝要的，正是我们离开的！

只是如何唤醒

满坡的绿？大海，钦州，一直在，

它们把厮守牢牢拴住。

芭蕉叶盛大，总有衰败之嫌，

榕树的根把它的老活成慈眉善目的样子。

爱是两片布，扣一起遮风挡雨。

爱是悬崖，为我准备了不再奔波的居所，

相隔千年；我的骨灰曾埋在这里，

再埋一次也无妨。

终有不再离开的活人死人，

树林、山川、村庄、河流，每日更新。

墨迹

第一条龙从年轻走下来，拖泥带水

如同沉睡的边陲小镇

成为兄弟，泯不出江湖的兄弟

纷纷飘逝的兄弟

不含大小，不分男女

天下无诗人之说。恩情那么烫

满满的，盈在碗里

第二条龙与它的命运一同归来

穷人的井，植物的泥

像是黑夜的触手撕开黑夜

终生不履。比爱还要黏稠是加进粗粮的爱

那来自地下的唇吻

还能唤醒我

这一次可是全部啊！誓如骨灰

数量

圆明园之兄，你吃了吗

饥饿如虎

提前预约吧：约黑夜，约流食，约三仙岛

一池水，一张弓，几支箭

多种植物。两排大雁

一堆火，缕缕炊烟；灰烬用什么量词

一碗石头，两勺沙子

数词掺了米

癌细胞在淋巴里留下废墟

化疗已经年

今夜不见得脱险

两双鞋堵路，一尾鱼在水洼挣扎

一垛墙。十万册兵书换不来一亩良田

三巡酒，五味菜

头颅冰冷，行李一样弃在路上

始终不完美！青春啊
美得毫无章法

我们掠夺疾病，百年后骑为匪亲
一弯月，一圈块垒
几堆寒冷。舌头掉出来，唤不回
四处散落的兽首

始终不问缘由
圆明园：数词数兄弟，量词无穷

洱海安静得如一个人想要忘记什么

一个人想忘记什么

到洱海来

一个人在以后的岁月里

想忘记什么，可能要爬上苍山

下山时忘了耳鸣，我们谈笑的声音

很远，似乎从背后传来

忘了挡在面前的

瘦竹和铁门

索性躺下，伸出这洲、这水

一片青草磨出慢性子

让我们的腿脚延长到深秋

洼地、破船

火烧云

在以后的岁月里

我们逐渐忘记机场的等待

忘记玉溪、元江、大理

忘记九龙池、隧道、红河、白鹭、峨山

忘记彝人的歌，云枫的画，毕摩的经卷，李青的琴音

那片闪光中

还有什么起伏的东西留下来

成为生命和易逝的风，绵绵不绝呢

四行醒诗

趁我未醒，一条河流来到身边

它低语：周围落满灰尘，你是石头吗

我是未醒的石头

醒来后，不整齐把整齐挤走

一首诗写在哀牢山下

无人知道这里的山为什么叫哀牢山

它古老得让人害怕

我为什么想到儿子和母亲

告诉儿子

我将来重病时不要抢救

让病人快死！痛苦刚一冒头就压它回去

无人知道这里的山为什么叫哀牢山

我曾在母亲的遗体前

不想哭却不得不流下眼泪

泪水里的黑暗成分只有自己知道

它似乎是口深井

爱，提上来

不知悲伤是什么样子

从书本上体会不到，别人不传我

母亲教我走路、识字、心善

从来不说这个词

母亲，你的骨灰盒我捧不动

你的碑我只擦过一次

在梦里叠起黑暗。你没来过哀牢山啊

这里，一床棉花古老，让人害怕

这里，不会有悲伤

简介：

殷龙龙，诗人。1962 年生于北京，1981 年开始写诗，早年曾参加"圆明园诗社"。1984 年开始发表诗歌作品。1999 年参加诗刊社的青春诗会。曾获得《诗歌报》临工奖，御鼎诗歌大奖，《诗探索》年度诗人奖，地下诗歌艺术成就大奖，《诗参考》十年奖等奖项。出版过诗集《旧鼓楼大街》《单门我含着蜜》《我无法为你读诗》《汉语虫洞》《脑风暴》和《今生荒寒》。

自述：

诗人阐述诗歌观点，我认为是费劲的事。观点都在诗里，没有必要再择出来，单列一章。

短评：

殷龙龙作品有着与生俱来的铁骨铮铮，读他的诗歌犹如在听一种裂帛的声音，仿佛箭镝可以穿透金石，让我们对他的诗歌产生敬畏，那些不可复制的语码挑衅着读者的阅读神经。其开阔的眼界，立体的纵深感，生机

勃勃的气息，遒劲坚实的诗歌质地，让我们在诗歌的汪
洋中轻易地将他认出。

——宫白云

　　硬朗的诗歌质地背后隐藏着力量的维度。正是殷龙
龙辛酸的命运使他拥有了对生命的敬畏，这是一个孤独
的诗人在充满荆棘的生存空间努力地扩张自己的感受。
他的诗中看不到半点矫情、滥情，时刻涌动着渴望生命
的激情。这些陌生新鲜的语码正是来自诗人对内心的逼
迫。他不是抒情的，他是追赶的。
　　像一段危险又寂寞的旅行，殷龙龙独自走着一条不
可知的小路，他时常产生疑惑、产生惊喜，可以说是他
的怀疑构筑了他庞杂无边的想象空间，使他的诗具备了
不可复制的独特性。读他的每首诗，我们都发现情节在
断裂、意象在跳转，有太多我们不可把握的可能，仿佛
诗人有意地挑衅读者的审美期待，我想，这也是构成他
诗歌魅力的因素之一吧。

——李南

西　川

平原

在平原上走了很远

歇脚时第一个愿望是洗洗袜子，把它们晾干

平原上连人类的灵魂都是平坦的

树木直立的灵魂必是不同的灵魂

自甘堕落在平原上

好比麦子自甘成熟在平原上

当庄稼成熟时你无动于衷就是犯罪

当乡民们发呆你不发呆就是犯罪

母鸡在平原上下蛋

我在平原上支起一口锅。点火

需要谨慎对待黑暗

尤其是黑暗中传得太远的狗吠和鸟鸣

一千里的大雨，必有人被困在其中

勉强工作的电视机正播放一万里以外的新闻

转身，并不意味着回家

回家，并不意味着家还在原来的地方

把自己甩在身后也就是把厄运甩在身后

我为自己发明了这场游戏

我在荞麦皮枕头上动动脑袋

荞麦皮发出声音，这是平原的几乎听不见的声音

在平原上梦见平原是平常的事

在平原上梦见孔子就像孔子梦见周公一样不平常

2002.7

思想练习

尼采说"重估一切价值",那就让我们重估这一把牙刷的价值吧。牙刷也许不是牙刷?或牙刷也许并不仅仅是牙刷?如果我们拒绝重估牙刷的价值,我们就是重估了尼采的价值。

尼采思想,这让我们思想时有点恬不知耻。但难道我们不是在恬不知耻地模仿鸟雀歌唱,恬不知耻地模仿白云沉默?难道我们不是在恬不知耻地恬不知耻?

有时即使我们想不出个所以然,我们也假装思想,就像一只苍蝇从一个字爬到另一个字,假装能够读懂一首诗。许多人假装思想,这说明思想是一件美丽的事。

但秃子不需要梳子,老虎不需要兵器,傻瓜不需要思想。一个无所需要的人几乎是一个圣人,但圣人也需要去数一数铁桥上巨大的铆钉用以消遣。这是圣人与傻瓜的区别。

尼采说一个人必须每天发现二十四条真理才能睡个好觉。但首先，一个人不应该发现那么多真理，以免真理在这世上供大于求；其次，一个人发现那么多真理就别想睡觉。

所以我敢肯定，尼采是一个从未睡过觉的人；或即使他睡着了，他也是在梦游。一个梦游者从不会遇上另一个梦游者。尼采从未遇到过上帝，所以他宣告"上帝死了"。

那么尼采遇到过王国维吗？没有。遇到过鲁迅吗？没有。遇到过我这个恬不知耻的人吗？也没有。所以尼采这个人或许并不存在，就像"灵魂"这个词或许并无所指。

思想有如飞翔，而飞翔令人晕眩，这是我有时不愿意思想的原因。思想有如恶习，而恶习让人体会到生活的有滋有味，这是我有时愿意思想的原因。

我要求萝卜、白菜与我一同思想，我要求鸡鸭牛羊与我一同思想。思想是一种欲望，我要求所有的禁欲主义者承认这一点，我也要求所有的纵欲主义者认识到这一点。

那些运动员，运动，运动，直到把自己运动垮了为止。

那些看到太多事物的人，只好变成瞎子。为了停止思想，你只好拼命思想。思想到变成一个白痴，也算没有白白托生为一个人。

穷尽一个人，这是尼采的工作。穷尽一个人，就是让他变成超人，就是让他拔掉所有的避雷针，并且把自己像避雷针一样挑在大地之上。

关于思想的原则：1. 在闹市上思想是一回事，在溪水边思想是另一回事。2. 思想不是填空练习，思想是另起炉灶。3. 思想到极致的人，即使他悲观厌世，他也会独自鼓掌大笑。

2004.2.20

访北岛于美国伊利诺伊州伯洛伊特小镇

一千吨乌云

像大草原上散开的蒙古骑兵呼啦移过伯洛伊特上空

一千吨乌云分出十吨乌云

砸向伯洛伊特像蒙古骑兵搂草打兔子绝不放过哪怕衰败

不堪的小镇

翻开落叶，是溺死的昆虫

走进空屋，会撞见湿漉漉的鬼魂颤抖个不停

小汽车抵达小旅馆

小旅馆的吸烟房间里烟味淤积不散即使打开屋门

这吸烟的过客一天要吸三包烟吗？其忧郁和破罐子破摔

的程度可以想见

而本地人忧郁更甚

眼见得镇子上的一半橱窗空空如也

却绝不动起吸烟的念头，这真对得起停车场上寂寞飘扬
的美国国旗

这是三岔路口上的伯洛伊特
只有两三个人在银行的台阶上低声交谈

只有一个人在借来的白房子里
用菜刀剖开紫茄子，相信烧一手好菜就能交到朋友

黄昏过后是夜晚
夜晚过后是只能如此、只好如此的流亡者的秋天

秋天将树叶一把揪走
只有一个人为此而心寒，瑟缩为一个原子

并且伸手捂住他桌上的纸页
仿佛天际一阵大风越过了地平线来到面前

2002.9，2009.8

小老儿

小老儿小。小老儿老。小老儿一个小孩一抹脸变成一个老头。小老儿拍手。小老儿伸懒腰。小老儿来到我们中间。小老儿走到东，站一站。小老儿走到西，手搭凉棚望一望。小老儿穿过阴影。小老儿变成阴影。小老儿被砖头绊倒。小老儿变成砖头也绊倒别人。小老儿紧跟一阵小风。小老儿抓住小风的辫子。小老儿跟小风学会打喷嚏。小老儿传染得树木也打喷嚏，石头也打喷嚏。小老儿走进药店。小老儿一边打喷嚏一边砸药店。小老儿欢天喜地。小老儿无所事事。小老儿迷迷糊糊。小老儿得意忘形。小老儿吃不了兜着走。有人不在乎小老儿，小老儿给他颜色看。

小老儿看见谁就戏弄谁。小老儿不分有钱人没钱人。小老儿不分工人、农民、商人、士兵、学生、知识分子，或者无业游民。小老儿打瞪眼的人。小老儿打吐痰的人。小老儿打吃饭时吧唧嘴的人。小老儿打吃饭时吆五喝六的人。小老儿打拉屎不冲水的人。小老儿打不洗手的人。小老儿大打出手，真的大打出手了。小老儿打得气喘吁吁。小老儿打得着急上火。小老儿打别人自己流出了鼻血。小老儿陡生道德感。小老儿的道德反道德，所以小老儿觉得头重脚轻。小老儿病了。小老儿需要休息片刻。小老儿发烧 38 度 2。小老儿听见救护车的怪叫。小老儿住进人民医院。小老儿和男医生女医生打得火热。小老儿装死。小老儿从医院里溜出来。小老儿的病被一阵热风加重。小老儿变成一种病菌。

小老儿是猫变的或者是果子狸变的。小老儿变成小老儿。一个小老儿变成 20 个小老儿。小老儿喜欢凑热闹。小老儿学习认识小老儿。小老儿和小老儿比赛在粪便里游泳。小老儿和小老儿比赛擤鼻涕。小老儿读地图。小老儿发现了广东和内蒙古、山西和河北。小老儿需要 8000 万个小老儿。8000 万个小老儿分赴各地。8000 万个小老儿相互之间靠打喷嚏联络。8000 万个小老儿像流窜犯，抓住两个不流窜的大官、3000 个无处流窜的小官。小老儿和他们一起玩发烧的小鸟，一起被五颜六色的鸟屎滑倒。

小老儿手拿小铁铲，铲走小花和小草，铲走蚂蚁和屎壳郎。小老儿封锁学校，占领学校。封锁村庄，占领村庄。小老儿在道路上挖陷阱。春天来了。小老儿不是小燕子，却觉得自己是春天的同谋。小老儿享受春天的小雨点。

春天的小雨点同样洒在贪官污吏的头顶，小老儿偏不觉得自己是贪官污吏的同谋。小老儿和他们对着干。小老儿瞧不上蚊子的小把戏。小老儿瞧不上大肠杆菌小模样。小老儿腿脚麻利，胳膊有劲，抓住大熊猫、小熊猫。原来它们是化了装的大狗熊、小狗熊。小老儿隐约觉得自己重任在肩。小老儿怀疑自己在替天行道。其实小老儿是瞎猫碰上死耗子。但小老儿忽然很严肃。小老儿吃不好睡不着。小老儿本来就疯疯癫癫现在越发疯疯癫癫。

小老儿决定结束无为而治的老传统。小老儿决心不再谨守看热闹的本分。小老儿对小老儿说：应该人人争说小老儿。于是小老儿写酸溜溜的诗。小老儿做客东方电视台。小老儿是主人。小老儿是主角。小老儿是主语。小老儿也是自己的谓语和宾语。小老儿有点神秘。嘿嘿嘿。小老儿否认自己叫"小老儿"。小老儿否认自己曾经存在过。小老儿绝口不提自己的身世，为的是让人摸不着头脑。小老儿因此口齿不清。口齿不清并不妨碍小老儿发挥想象力。小老儿给每个人拨电话。小老儿在电话里不出声。小老儿敲每一户的房门。小老儿帮助你认识你也是一个小老儿。小老儿挤到夫妻之间、情人之间。小老儿推开他们，又黏住他们。小老儿知道自己成了谣言的宠儿。

小老儿坏吗？小老儿好吗？小老儿要干什么？小老儿究竟要干什么呢？小老儿自己绑架自己向全世界要赎金。小老儿自己毒自己向全世界要解药。小老儿肩负着向全世界派送小老儿的使命。小老儿背后必有高人指点。但小老儿自己也有点莫名其妙。小老儿高兴。小老儿膨胀。小老儿把卡拉OK重新发明一遍，把乘法口诀重新发明一遍。成了！成了！小老儿像气球一样飘起来。小老儿觉得飘来飘去很浪漫。小老儿轻轻落地。小老儿听见自己落地的声音。

小老儿跟着活人走。活人走成死人还在走。小老儿跟着死人走。死人们轻功了得，疾走如飞。小老儿看见了死人。死人看不见小老儿。小老儿终于看见了死人。小老儿不敢看，又想看，又不敢看。小老儿长出头发是为了让头发倒竖。小老儿长出心脏是为了让心脏跳得怦怦怦。小老儿看见了白床单、白枕头、白被罩、白口罩、白色的大门和白色的墙壁。小老儿看见了白色的救护车像死人一样疾走如飞。小老儿以前也看到过。小老儿忘了。小老儿看到了空空荡荡的白。小老儿看得头发晕。小老儿在白色中又看到一个黑点。黑点扩大，小老儿看到了空空荡荡的黑。小老儿知道大事不好。

小老儿看见有人去拜神佛。小老儿看见有人拧走全城的电灯泡。小老儿接到情报：有人冒充小老儿在饭馆里白吃白喝，就像有人冒充高干子弟骗钱骗色。小老儿碰上比他更坏的人。小老儿来了劲。小老儿发现了发财的机会。其实小老儿发财也没用。小老儿偷走超市里的面包和方便面。小老儿编造关于小老儿的电视连续剧。小老儿给慌里慌张的人们发奖状。小老儿给姑娘们写情书。但很快小老儿就厌烦了。小老儿发现许多人戴上墨镜，假装看不见小老儿。小老儿不高兴。小老儿对付墨镜，见一个摘一个，或者要求两个戴墨镜的人相互用眼神儿表达他们的爱憎。

人人惧怕小老儿。人们相互猜测对方是不是小老儿，在银行，在饭馆，在火车站，在歌舞厅。人们猜不出个所以然，所以 170 万人排山倒海逃离城市，留下 85 万个空寂的房间。但更多的人将自己反锁在家中，大气不敢出，大话不敢讲。小老儿看到了自己的威力。小老儿对此很自豪，同时对此也很纳闷。小老儿心想：小老儿是个什么东西！小老儿发呆，在空无一人的街头。小老儿歌唱，唱得自己泪流满面。小老儿自己感动了自己，像个文学青年。小老儿痛苦万分，想自己背叛自己。小老儿背叛了自己。小老儿背叛了已背叛的自己。

小老儿并非杀人不见血。小老儿带头吃大蒜、喝板蓝根。小老儿带头阅读加缪的《鼠疫》和马尔克斯的《霍乱时期的爱情》。小老儿为知识分子发明小老儿形而上学和小老儿隐喻。小老儿反对把小老儿变成一个太便宜的话题。小老儿号召人们："别出门！"小老儿启发被关禁闭的人们反向推导出自己是有罪之人。小老儿让人发愁，让人记住自己是一个人。小老儿让人看到生活以外。小老儿本没有目的但现在觉得自己的目的已达到。小老儿要走了。小老儿舍不得走。小老儿喜欢快刀斩乱麻。但小老儿又黏黏糊糊。

小老儿不出声。小老儿吞了隐身草。小老儿在墙上写大字："立即消灭小老儿！"于是全城的人终于倾巢出动，透过气来，回过神来，全城寻找小老儿，全城逮捕小老儿。小老儿无处可逃。小老儿终于被拿下。小老儿被装进玻璃瓶子，被贴上标签：小老儿A、小老儿B、小老儿C。小老儿被审判。小老儿没有道德之罪但被强加了道德之罪。小老儿被关进小黑屋。小老儿在小黑屋里照镜子。小老儿看到镜子里除了黑什么都没有。小老儿有点害怕。时候到了，小老儿被枪毙。但小老儿打不死。

小老儿又站起来。小老儿又变大又变小。小老儿烦了。小老儿自己掐自己的脖子。小老儿自己揪自己的头发。小老儿头发太多揪不完。小老儿揪完头发又长出头发。

小老儿闹腾一场。小老儿钻进鸽子棚。小老儿钻进下水道。小老儿没有碰到其他小老儿。小老儿回到自己的小地盘。小老儿忽然发现世界上只剩下了小老儿。小老儿被寂静塞住了耳朵。小老儿看见星期二的夜晚比星期一的更黑些。小老儿发现每一朵云彩上都坐着一个小老儿。小老儿恍然大悟：有瘟疫的蓝天比没有瘟疫的蓝天更蓝些。小老儿爱上了小痰盂、小鼻涕、小眼泪、小痱子。小老儿变得有思想。小老儿变得煞有介事。小老儿思量东山再起。但这一会儿小老儿不吃不喝。小老儿面黄肌瘦。小老儿长叹一声，一座大楼应声倒塌。小老儿大笑一声，一只小鸟肝胆俱裂。又来了！又来了！

2004.7

连阴雨

不是长头发——是长毛——是石头上长毛是面包上长毛

是连阴雨

是连阴雨让衣服长毛心灵长毛——这是衰朽的内驱力

让木头长出蘑菇让口腔长出溃疡——同一种力量

让爱长毛——爱不是需要毛吗？

让抒情长毛——这才能显现出不长毛的抒情——中老年

的抒情

长毛就是长醭——我妈说就是发霉——我爸说

长毛在瓦片上在夜晚 11 点以后的街道上

钟表的嘀嗒声——

雨说话的哑嗓子——

长出犯罪者徘徊者犹豫不决者——这是连阴雨的效果

淋湿的女人——

80 天的连阴雨——还不算长久

80 天的连阴雨覆盖 30 万平方公里的土地和大海——还
不算广大

淋湿的女人孤独而可怜——

是连阴雨让鞋子进水湿了袜子——脚冰凉
然后水推进在人的身体里
从下往上顶到大脑——那里一片汪洋
连阴雨下在汪洋大海之上——货船驶向亚洲——雨下在
日本的庭院里

有人老去在中国——
雨下在远离岸边的工厂里下在乡下
厨房的屋檐上水滴滴个不停——饭菜备好在不好不坏的
年头

在不好不坏的年头产生不好不坏的念头——
有人死去
运气不好的人不甘心遂移居到城里——半个人不认识

穷人和富人长一样的毛
但富人并不担心——可以扔掉长毛的东西——不包括他

们自己

好经济和坏经济长一样的毛

但好经济知道怎样做长毛的生意——

能够避开连阴雨的事物避不开长毛

愤愤不平者的诅咒——

内在的生活膨胀——

海鸥和乌鸦个头巨大——

小超市里的黄瓜个头巨大——这是连阴雨的缘故吗？

门轴膨胀——开门的声音——狗乱叫

狗乱叫的内驱力也就是楼上脚步声的内驱力

也就是衰朽的内驱力——朝向死亡的内驱力

表现在连阴雨之中就是长毛

就是秃顶的人不长头发而长毛——这也就是新生

发霉然后新生——

在雨中——

这是连阴雨的力量，看吧——

2009.10.19　维多利亚

尽量不陈词滥调地说说飞翔

每回思欲飞翔　都感身体沉重
每回奋力起飞　顶多腾空五尺

然后坠地　露出本相

有回我高飞到九尺　瞬间心生苍茫
落地摔疼屁股　屁股大骂心脏

偶夜梦里悬空　由树梢跃升楼顶
由楼顶蹬脚而起　见半月在我左手

我浴三光即永光　我入黑暗遇无人

怀落寞而归床　上厕所而冲水

次日回味　一声不响
走路　被一男孩叫"爷爷"

问孙子"你叫啥"　回说"我叫飞翔"

2014

悼念之问题

一只蚂蚁死去，无人悼念

一只鸟死去，无人悼念除非是朱鹮

一只猴子死去，猴子们悼念它

一只猴子死去，天灵盖被人撬开

一条鲨鱼死去，另一条鲨鱼继续奔游

一只老虎死去，有人悼念是悼念自己

一个人死去，有人悼念有人不悼念

一个人死去，有人悼念有人甚至鼓掌

一代人死去，下一代基本不悼念

一个国家死去，常常只留下轶事

连轶事都不留下的定非真正的国家

若非真正的国家，它死去无人悼念

无人悼念，风就白白地刮

河就白白地流，白白地冲刷岩石

白白地运动波光，白白地制造浪沫

河死去，轮不到人来悼念

风死去，轮不到人来悼念

河与风相伴到大海，大海广阔如庄子

广阔的大海死去，你也得死

龙王爷死去，你也得死

月亮不悼念，月亮上无人

星星不悼念，星星不是血肉

2014.11.11

论读书

—— 仿英格·克里斯蒂安森

有的人中国书读得太多了，西方书读得太少

有的人中国书读得太少，西方书读得太多了

有的人只读西方书，但一句外语也不懂

有的人只读中国书，自号某某山人，仿佛他真住在山道
的尽头

有的人中国书、西方书都读得太多，变得厌倦人世

有的人中国书、西方书都读得太少，活在世上全靠天才
和直觉

有的人没有天才和直觉也能滔滔不绝，但也没有沉默作
逗号和句号

懂得使用分号和破折号的人看来不是中国人

有的人中国书、西方书都读得太多，但没读过阿拉伯和
非洲的书

有的人读过几本拉丁美洲的书，但分不清那算西方书还

是南方书

难道还有南方书吗？南半球的季节与北半球相反

南半球的书却不需要从最后一页读回第一页

有的人以为中国就是东方全不管印度也是东方当然它在东
方的南方

而巴基斯坦和阿富汗的作家也写书尽管他们不关心孔夫子

有的人读了点书便趾高气扬了，指点江山了。江山听着

有的人读了点书便谨小慎微了，谨言慎行了，安静地喘气

有的人假装读过很多书其实是个文盲

有的人真读过很多书其实也是个文盲

有的人是真正的文盲却对读书人呼来喝去

有的人因为被呼来喝去遂愤恨地打开书本寻求真理

有的人愤恨于被呼来喝去发誓再不读书才发现大象梅花鹿
从不读书

有的人一本书不读却被写进了书里而他自己不知道

有的人读书是为了寻找快乐但不是寻欢作乐

有的人寻欢作乐但书读得也不少这说明读书人并非注定清苦

有的人就把自己读瘦了头悬梁锥刺股

有的人就把自己读胖了读到满腹经纶可并不觉得肚胀

所有读书的人只会越读越老当然不读书也免不了衰老

在生死问题上读书与不读书没什么区别就像练拳不练拳没什么区别

有的人书越读越多，仿佛从河流进入大海，孤独地飘荡

有的人书读到三十岁戛然而止，然后望着大地出神到三十七岁

有的人在三十七岁告别了自己所谓天才的不着调的生活方式

坐下来，打开台灯，写书，以便将自己耗尽并且被世人忘记

有的人为书籍盖一幢房子自己只在白天进入这幽灵的房间

有的人夜间也待在幽灵的房间里但是不在其中睡觉

有的人把书从书房里扔出来腾空书房用于冥想

有的人腾空书房用于储存货物但自己也没能变成成功的商人

有的人以为腾空了书房就腾空了大脑

但大脑里总是有人哭泣有人怒吼这让他心烦意乱

有的人心烦意乱地走进书之山其实是走进了杂志之山

有的人坐在书山里不再出来是因为找不到出山的路径

有的人在书山里点火想到百年后会有人对自己痛加斥责

有的人在焚书的火焰里哈哈大笑纯粹是因为痛恨邪恶

有的人在焚书的火焰里哈哈大笑觉得这是最好的自焚

有的人认为书山当然是烧不尽的所以永生当然是可能的

有的人走出了书山剩下的时间是劝别人走进书山

有的人走出了书山对书山里的事物三缄其口

有的人对书籍说话好像作者是自己的熟人

有的人不同作者说话只是向他们鞠躬就像祭祀先祖

有的人认为尽信书不如无书这得是多牛的人啊他深入当下

有的人只信书上说的蔑视一个活生生的世界这也得自信满满

有的人觉得三日不读书面目可憎

有的人天生丽质害怕书籍会夺走容颜

过去中国人的说法是书中自有黄金屋可现在的金价忽低忽高

而以色列的所罗门王说"积累知识就是积累悲哀"

但大人物的悲哀不是小人物的悲哀其原因不同

但读书人总是把小人物的悲哀解说等同大人物的悲哀

六朝以前的中国人就悲哀过了而且不是因为读书

宋代以后的中国人越来越爱读书但只读孔孟之书直到马列

传来

有的人读书是为了最终放弃书本直至放弃自己

有的人读书在不知不觉中就变成了书虫

2016.3.8

简介:

西川,诗人、散文和随笔作家、翻译家,1963 年生于江苏,1985 年毕业于北京大学英文系。曾任美国纽约大学东亚系访问教授(2007)、加拿大维多利亚大学写作系奥赖恩访问艺术家(2009),北京中央美术学院人文学院教授、图书馆馆长,现为北京师范大学特聘教授。出版有诗文集《深浅》(2006)、诗集《够一梦》(2013)、专论《唐诗的读法》(2018)、译著《米沃什词典》(与人合译,2014)、《博尔赫斯谈话录》(2014)等二十余部著作。曾获鲁迅文学奖(2001)、上海《东方早报》"文化中国十年人物大奖(2001—2011)"、中国书业年度评选·年度作者奖(2018)、德国魏玛全球论文竞赛十佳(1999)、瑞典玄蝉诗歌奖(2018)、日本东京诗歌奖(2018)等。其诗歌和随笔被收入多种选本并被广泛译介,发表于约三十个国家的报刊杂志。纽约新方向出版社 2012 年出版由 Lucas Klein 英译的《蚊子志:西川诗选》入围 2013 年度美国最佳翻译图书奖并获美国文学翻译家协会 2013 年卢西恩·斯泰克亚洲翻译奖。

自述：

这里，我想提出一个问题，那就是：我们离传统的高度究竟有多远？

屈原曾经一口气追问出 170 多个问题。

庄子曾经纵论天下学术，并归言"道术将为天下裂"。

韩非子在《亡征篇》中开列出 47 种亡国的征兆。

《淮南子》承袭《吕氏春秋》以其结构性的书写呼应了国家形态。

司马相如把对空间的想象发挥到极致。

陶渊明最大限度地维护了个人完整性，并把"桃花源"钉入人类记忆。

李白，幻象、语言激流、天才的自由得像风一样的无意义言说。

杜甫，将个人时间、自然时间、历史时间筑为一体，以文字创造性地介入了唐宋之变。

韩愈猜想过造物主和人类的起源，接续孟子道统，"文起八代之衰"。

……

从青年时代起，我便牢记着英国诗人威廉·布莱克在《天堂与地狱的结合》第三节《地狱箴言》中所说的话："离经叛道是通向智慧宫殿的必由之路。"

而我现在的问题是：我们离传统的高度究竟有多远？

我们都熟悉一个词，叫作"时代精神"。我们不熟悉的一个词可能是"时代能量"。时代能量来自发展、社会结构的调整和再调整、历史生活的矛盾修辞、看似无解的难题、纠缠于苦难的记忆、盲目的冲撞、敌视与和解，以及对自我的疑问和解放，以及对未知的探试。具有能量的写作和纯粹出于审美和娱乐需要的写作从来不是一回事。在时代能量的发动和推动下，我们究竟能够走出多远？

——节选自 2015 年 10 月《在北京大学
中坤国际诗歌奖授奖仪式上的答谢词》

短评：

西川后来发现，其早年作品，可能存有某种不道德。诗人得到大名，端赖早年作品，比如《在哈尔盖仰望星空》《起风》，还有一读难忘的《十二只天鹅》。这几件作品，抒情，超验，西化而无痕，早已成为名篇，何以作者反独惴惴？最初，诗人的美学理想，象征主义也罢，超现实主义也罢，都不免还是图书馆理想。"现实世界仿佛成了书本世界的衍生物"，单凭书本——而不是生活和现实——就可以分蘖出炫目的文化想象力，成全一种"句句真理的写作"。"一个时代退避一旁，连同它的 / 讥诮"——稍后，会有个大反转。诗人二十六岁那年，两位密友夭亡，在此前后，种种现实，忽然把他塞入了——或者说拽回了——如此具体可感的语境。时代，命运，甚或历史，不断发出反问和追问，诗人哪里能够扭头不答。问与答，两难，"狠狠地纠正了我"。诗人从来没有如此清楚地意识到，抒情，亦如作伪，超验，亦如闭关，两者都难逃"不道德"的自我指控。于是下了决心，必须忘招，必须退回到业余，必须把"诗"写成"非诗"：只有"非诗"才有资格指认"非诗意"。勇气，智力，将诗人带至1992年：他开始写作组诗《致敬》。此后六七年，诗人还陆续启动和完成了多个组诗，包括《近景和远景》《芳名》《厄运》及《鹰的话语》。这是瀑布般的写作，行和节，简直不够用，必须用上句群和句群之群。"黑旋风也做不到"。这么大的嘴巴，这么大的肚子，能装，也能反刍。人物，事件，场景，名词解释，成就了一种前所未有的无垠感。诗人带来一片盐碱地，看看吧，他还带来了攒动的狂欢：面具与面孔的双人舞，死亡与生存的双人舞，文化与政治的双人舞，现实与历史的双人舞，水分和废话的双人舞，经和伪经的双人舞，理性、假理性和非理性的三人舞，以及"偷听者""告密者"和"磨刀霍霍之辈"的多人舞。文本的特征，精神的处境，现实的面容，三者互为因果，到最后，已然辨不清何者为因、何者为果。徒剩尴尬。徒剩斑驳。

西川，这个抒情诗人，放逐了内心的神秘感，转眼就变成了一个喜剧诗人，一个反讽诗人，一个毒舌诗人，甚至，一个荒诞派诗人。"自己被自己的写作变成了陌生人"：写作就是我和我的合金，以及我和我的辩论赛。真个是：原想入圣，如今成精。诗人早就跑远啦，杳无人影啦，他的读者，却还在小女友面前高声朗诵《十二只天鹅》。近些年，诗人再次启动了"黑中五色"的跨文体写作，他完成了——或完成着——更为庞杂的《鉴史》和《词语层》。历史，揭穿了现实；词语，揭穿了语境。连一条内裤也不剩。诗人对词——比如"同志"或"小姐"——的训诂学研究，剥开的不是意义，而是一重又一重的语境。每个词都有蜿蜒的语义曲线，充满了趔趄，黑色幽默，否定之否定，让人忍俊不禁。如果说，《词语层》乃是语义考古学，那么，《鉴史四十章》就是心灵考古学，诗人借此讲述了"此在"，讲述了"此我"。比如，《题范宽巨障山水〈溪山行旅图〉》，《再题范宽〈溪山行旅图〉》，《题范宽巨障山水〈雪景寒林图〉》，谈及范氏所画山体，难道，诗人就没有同时谈及自己的诗，或自己认定的嵯峨之诗："这令飞鸟敬畏，令虎豹沉默或说话时压低嗓门，令攀登者不敢擅自方便。于是无人。无人放胆攀登。"

——节选自胡亮著《琉璃脆》中《窥豹录·西川》，
陕西人民教育出版社，2017年版

臧　棣

詹姆斯·鲍德温①死了

雪下得太少。这孤独的
征兆已持续多年，默默的
像一种神秘的仇恨

所以一旦大雪突降
死就要被祭奠
还必须是与它相克的肉体

必须构成过一种伟大的
阻碍。死最渴望的
是它曾不得不忍受过的肉体

詹姆斯·鲍德温的肉体
在雪光的映衬下，是合格的
他看上去比死还要气派些

一个丰盛的牺牲品

① 詹姆斯·鲍德温（James Baldwin，1924—1987），美国小说家。

他在雪中变得乌黑，而后

雪在他的精神中变得乌黑

1987.12

读仓央嘉措丛书

小时候在四川偏僻的集市上

见过的藏族女孩，在你的诗中

已长大成美丽的女人。

你写诗，就好像世界拿她们没办法。

或者，你写诗，就好像时间拿她们没别的办法。

假如你不写诗，你就无法从你身上

辨认出那个最大的雪域之王。

美丽的女人当然是神，

不这么起点，我们怎么会很源泉。

这不同于无神论冒不冒傻气。

她们是她们自己的神，但她们不知道。

或者，她们是她们自己的神

但远不如她们是我们的神。

1987，失恋如同雪崩，我 23 岁时

你也 23 岁，区别仅仅在于

我幸存着，而你已被谋杀。

且我们之间还隔着两个百年孤独。

多年来，我接触你的方式

就好像我正沿着你的诗歌时间

悄悄地返回我自己。1989，我 25 岁时

你 22 岁，红教的影子比拉萨郊区的湖水还蓝。

1996，我 32 岁时你 19 岁，

心声怎么可能只独立于巍巍雪山。

2005，我 41 岁时你 17 岁，

一旦反骨和珍珠并列，月亮

便是我们想进入的任何地方的后门。

2014，我 50 岁时你 15 岁，

就这样，你的矛盾，剥去年轻的壳后

怎么可能会仅仅是我的秘密。

2014.2

纪念柳原白莲[①]丛书

身边已足够辽阔。

15 岁第一次结婚。比青春还左。

26 岁又嫁给煤炭大王。比金钱更右。

但是，左和右都把你想错了。

37 岁春风把你吹到牛奶的舞蹈中，

做母亲意味着家里有一口大钟，

挂得比镜子的鼻尖还高。

历史是入口。闪烁的星星知道你的秘密，

就仿佛你给它们寄过紫罗兰和蜂蜜。

嘿，我在这里。你的喊声

回荡在爱与死之间。而死亡是

一种奇怪的回声，它带来的每样东西都很新鲜。

比如，悲哀是新鲜的，它不会

因日子陈旧而褪色。能判断你的人

似乎不是我们这些好色的圣徒。

据说鲁迅也没见过比你更美的女人。

而我感到的压力是，不变成一个女人

我就没法理解你的高贵。

---

① 柳原白莲（1885—1967），日本女诗人。

但是崇拜你，就意味着减损你，

甚至是侮辱你。你提醒我们

你曾向秋天的风中扔去一块石头。

那意味着什么？你帮助语言在身体那里

找到一个窍门。对盛开的梅花说

只有细雨才能听得懂的话。而最重要的话，

如你表明的那样，只有讲出来

才会成为最深邃的秘密。

你赢得信任的方式令我着迷，就仿佛

信任不是一种选择，而是一次机遇。

最大的信任常常出现在早晨。

比如，柿子像早晨的眼睛，

脱离了夜晚带给它们的

低级趣味。柿子挂在明亮的枝头。

你发明了看待它们的目光，

从太阳的背后，从时间的反面。

猫头鹰已经飞走，乌鸦的黑拳头

摆平了时代的赌局。成熟的柿子，

肺腑间的珍珠的格言。你的和歌

并未让今天的风格感到遗憾。

因为你再次证明了，诗是这样的事情：

我们必须干得足够骄傲。

2011.8

小挽歌丛书

远山埋没过天使。

但是，永恒的歉意里不包括

永恒的错误和永恒的真理。

远山如窍门，被成群的野兽卸下。

一切敞开，就如同自然的秘密就结果在

眼前这几棵野柿子树上。

论口感，野果滋味胜过传统渴望保持沉默。

林中路曲折，落叶沙沙作响——

提醒你，落叶现在是记忆的金色补丁。

各种化身朴素于你中有我，

就好像我睡觉的时候，蝴蝶在小溪边梦见我。

十一月的草丛中，竟然真的有蝴蝶

飞吻着奇妙的北纬 36 度。

嘿。大陆来的北方佬。你知道

什么东西比本地人更习惯于

这冷蝴蝶展示出的冰凉的尺寸吗？

最大的真实是包容无穷小，甚至是

包容最偏僻的风物。但现在的问题是

真实喜欢逆反蝴蝶。幽灵比天使更执着于倾诉。

正在唱出的挽歌，是中止的挽歌，

也是即将委婉永恒的挽歌。

起伏的挽歌，也起伏着十一月的蝴蝶

和你我之间的最后的距离。

2011.11

作为一个签名的落日丛书

又红又大，它比从前更想做
你在树上的邻居。

凭着这妥协的美，它几乎做到了，
就好像这树枝从宇宙深处伸来。

它把金色翅膀借给了你，
以此表明它不会再对鸟感兴趣。

它只想熔尽它身上的金子，
赶在黑暗伸出大舌头之前。

凭着这最后的浑圆，这意味深长的禁果，
熔掉全部的金子，然后它融入我们身上的黑暗。

2012.11.15

你所能想到的全部理由都是对的丛书

没养过猫，算一个。
没养过狗，算一个。

如果你坚持，没养过蚂蚁，算一个。
如果你偏执，没养过鲸鱼，算一个。

但是，多么残酷，我们凭什么要求你
凭什么要求我们应该比世界
更信任诗，只能算半个。

全部理由。微妙的对错。
所以，我们的解释不仅是我们的
失败，也是我们的耻辱。

好吧。诗写得好不好，算一个。

此外，我们没见过世界的主人，算一个，
没办法判断身边的魔鬼，算一个。

2013.6.18

纪念王尔德丛书

每个诗人的灵魂中都有一种特殊的曙光

——德里克·沃尔科特

曙光作为一种惩罚。但是，

他认出宿命好过诱惑是例外。

他提到曙光的次数比尼采少，

但曙光的影子里却浩淼着他的忠诚。

他的路，通向我们只能在月光下

找到我们自己。沿途，人性的荆棘表明

道德毫无经验可言。快乐的王子

像燕子偏离了原型。飞去的，还会再飞来，

这是悲剧的起点。飞来的，又会飞走，

这是喜剧的起点。我们难以原谅他的唯一原因是，

他不会弄错我们的弱点。粗俗的伦敦

唯美地审判了他。同性恋只是一个幌子。

自深渊，他幽默地注意到

我们的问题，没点疯狂是无法解决的。

每个人生下来都是一个王。他重复兰波就好像

兰波从未说过每个人都是艺术家。

伦敦的监狱是他的浪漫的祭坛，

因为他给人生下的定义是

生活是一种艺术。直到死神

去法国的床头拜访他，他也没弄清

他说的这句话：艺术是世界上唯一严肃的事

究竟错在了哪里。自私的巨人。

他的野心是他想改变我们的感觉，就像他宣称——

我不想改变英国的任何东西，除了天气。

绝唱就是不和自我讲条件，因为诗歌拯救一切。

他知道为什么一个人有时候只喜欢和墙说话。

比如，迷人的人，其实没别的意思，

那不过意味着我们大胆地设想过一个秘密。

爱是盲目的，但新鲜的是，

爱也是世界上最好的避难所。

好人发明神话，邪恶的人制作颂歌。

比如，猫只有过去，而老鼠只有未来。

你的灵魂里有一件东西永远不会离开你。

宽恕的弦外之音是：请不要向那个钢琴师开枪。

见鬼。你没看见吗？他已经尽力了。

他天才得太容易了。玫瑰的愤怒。

受夜莺的冲动启发，他甚至想帮世界

也染上一点天才。真实的世界

仅仅是一群个体。他断言，这对情感有好处。

因为永恒比想象的要脆弱，

他想再一次发明我们的轮回。

2011.10

蛇瓜协会

它身上有两件东西

牵扯到顾名思义。第一件

和形状有关。你很容易猜到。

第二件，除了我，没人能猜到。

它的左边是苦瓜苗。每天的浇水量相同，

但它的长势像张开的蝙蝠翅膀，

而苦瓜苗则像安静的灯绳。

它的饥饿掩盖着它的疯狂，

它的呼吁像一盏只能照亮蜂蜜的灯。

脆弱，是它使用过的语言中，

你唯一能听懂的词。就凭这唯一的交流，

它把它的生与死分别交到你手上。

两米内，你必须对它的生负责。

这样，冬天来临前，它会是盛夏的别针，

将忠实的绿荫别在热浪中；

但一米内，你必须对它的死负责。

不同于朋友，它近乎一个美妙的伴侣，

但你别指望它会以同样的方式

对待你。不。它没有别的选择，

半米之内，你就是它的上帝。

远去或抵近，它能随时感觉到你的脚步。

它甚至能嗅出你手里有没有小水壶。

如果你偷懒，你的脑袋里

就会浮现出一条蛇。

2014.4.29

芹菜的琴丛书

我用芹菜做了

一把琴，它也许是世界上

最瘦的琴。看上去同样很新鲜。

碧绿的琴弦，镇静如

你遇到了宇宙中最难的事情

但并不缺少线索。

弹奏它时，我确信

你有一双手，不仅我没见过，

死神也没见过。

2013

柏林的狐狸入门

——for Lea Schneider

称它为欧洲的狐狸

不如称它为德国的狐狸，

蒂尔加滕公园①碾磨夜色中的咖啡，

直到我们出没在狐狸的出没中；

甚至直到我出没在我们的出没中。

清醒后，什么人敢真实于他的恍惚？

一半是暧昧的信使，

一半是角色的，偶然的进化。

称它为德国的狐狸

不如称它为柏林的狐狸，

在胜利纪念柱②和勃兰登堡门之间，

它颠跑着，踩着新雨的积水，

穿过宽阔的午夜的街道。

它的路线自北向南，平行于

已倒塌在附近的柏林墙，

而我们的归途则从西向东。

---

① 蒂尔加滕公园（Tiergarten Park），位于德国柏林市区。

② 胜利纪念柱（Siegessäule），建成于1873年。圆柱顶端为胜利女神"金埃尔莎"（Gold Else）。该建筑物系为纪念普法战争的胜利而建。

一个移动的十字，完美于

它比我们早一分钟跑过

那个扁平在人行道上的交叉点。

这之后，爱，几乎像夜色一样是可巡视的。

称它为柏林的狐狸

不如称它为黑夜的狐狸。

我多少感到吃惊，因为本地的朋友

已交代过，这一带是市区中心。

它侧着脸，以便将它和我们之间的距离

主动控制在既是警觉的

也是体面的原始礼貌中，就好像我们

来自北京还是来自津巴布韦，

对它来说，区别不大。

它的偶然的出现已近乎完美，

而它的偶然的消失比它的

偶然的出现，还要完美；

至少，我们的出现很可能比它还偶然。

所以，称它为黑夜的狐狸，

不如直接称它为诗歌的狐狸。

2015.7.6

就没见过这么圆的灵药入门

专有的感叹。你我之间

曾几何时可曾圆满于

哈密瓜很好吃。手指上全是

黏黏的蜜液。但我们知道

在清洗之前，我能用痒痒的甜指头

做成好几个比原型还圆形。

凡空心，凡需要填补的，

就交给神秘的主动吧。砍树的人，

一拍肩膀，就比吴刚还像后羿。

而流下的汗，稍一涂抹，

悬挂的月亮便会暴露

整个宇宙的秘密器官；甚至你的

孤独的钟也在里面微微发亮。

多么值得庆幸，我的灵药

既不是我，也不是你。

而你的美，仿佛可以令碧海青天

再一次领教嫦娥的动机。

其实被偷过一遍之后，这世界上

还有好多更好的灵药呢。

我祈祷，你依然有胆量返回现场，

并甘愿忍受人类的无知，

将它又一次带向皎洁的戏剧性。

2016.9.15 中秋节

世界诗人日入门

十天前，我梦见我是一头牛，

血污从犄角上滴下，而渐渐消失在

草丛中的狮子已腿脚不稳。

起落频繁时，秃鹫也不像禽鸟，

反倒像沙盘上的单色旗。

回到镜子前，人形的复原中，

感觉的背叛已胜过意志的较量。

五天前，我梦见我是一只蝴蝶，

世界已轻如蚕蛹。甚至牵连到

太阳也是一只发光的虫子。

人生如绿叶，凋谢不过是一种现象，

并不比思想的压力更负面。

三天前，我梦见我是一片沙土；

我咀嚼什么，什么就会以你为根须，

柔软中带着韧劲，刺向生命的黑暗，

以至于原始的紧张越来越像

完美的代价。昨天，我梦见我是

一块磨刀石，逼真得像老一套

也会走神。春夜刚刚被迟到的

三月雪洗过；说起来有点反常，

但置身其中，安静精确如友谊；

甚至流血的月亮也很纯粹，

只剩下幽暗对悬崖的忠诚。

2018.3.21

银鸥入门

——赠熊平

生命的技艺常常忽略

物种的差异，波及不同的

世界神话：悬崖上，将烈马勒住的人

也许从此会转而关注银鸥的

濒危状况；毕竟，它们体形偏大，

脊背上的深色如同鬃毛下的

极少被注意到的发暗的勒痕。

据鸟类爱好者观察，除了不得不

在城市垃圾堆旁，上演求偶的一幕外，

银鸥也很偏爱陡峭的隐喻；

它们甚至愿冒险在悬崖上产蛋——

那里，风大得如同命运之神弄丢了

从我们手中借走的一根绳子。

但最终，人的缺席不见得全是坏事：

悬空感也可提炼现实感，

银鸥的后代会将这种天性

鲜明地标注在橙红的鸟喙上——

如果你足够幸运，会看到它们

在春天的玉米田里将姬鼠的头

踩在粉红的脚蹼下，然后

用漂亮的尖嘴，宣告存在的代价。

2017.6.25　2018.4.3

藏红花简史

诗不是智慧，诗是智慧的搅荡

——雅克·德里达

绝美的灵魂不可能

只被误解过一次，我就可以证明；

最初的日子，洞穴里

昏暗的光线源于受热的

琥珀的尖叫。所有的水，

都直接取自源头；烧开后，

浸泡我的液体中漂着

刺鼻的羊油的味道——

我的缄默，有被迫的一面，

但我独占着颜料的核心；

涂抹时，岩石的表面

构成了我的鲜艳的单人牢房，

我褪色，时间也跟着褪色；

假如你能走进那些洞穴中的一个，

我的秘密也是时间的秘密。

我的种子，甚至也是

你的种子。不要被兜售所迷惑，

我的故乡比想象的要远，

远在喜马拉雅山的另一侧；

为了取悦权力，我的美艳

曾被染色在地毯的华丽中，

抬进波斯的皇宫；更早些时候，

释迦牟尼身上深红的长袍

也出自我的风韵，但这些

都无法迷惑我；只有弱者的赞美，

才能激发我的天性：为了神秘地

对付神秘的遭遇，我为你准备了

紧紧依附在黄色花蕊旁的小小的柱头——

天地之间，如果还有菁华

值得一份信任，请将我再次烘干，

将我密封在你的新生中；

或许，还可以再利索一点，

请将我现在就浸泡在可耻的时间中，

直到我们的血流开始加速。

2019.9.19

蝙蝠简史

"封城"的消息传来时，

这些会飞翔的哺乳动物正在做梦；

现在是它们的冬眠时期，白天和黑夜的交替

在它们的梦中失去了意义，

不再有劳动被插上翅膀，神秘的天性

都是在幽暗的原始洞穴里睡出来的，

远非人类的悟性所能理解。

它们中爱吃水果的那一类，

梦见随着蜜蜂的舞蹈，可食的果实

越来越多；它们最爱吃的水果

都看上去像一个缩影：地球是圆的；

它们中爱吃昆虫的那一类，

也梦见我们吃蛇，吃狐狸，吃猫头鹰，吃蜥蜴，

甚至梦见我们像狗改不了吃屎一样

吃它们的同类：理由是

不仅很美味，而且非常滋补；

它们的梦和我们的梦一样

具有完美的统计学含义：

数量上看，虽然人类也算天敌，

但由于胃口强大，我们直接干掉了

它们的更直接的天敌：阴险的毒蛇。

为了报答，它们在名字的谐音上

下足了功夫，并积极配合汉语的欲望，

将自身倒挂起来。它们甚至梦见

我们为了寻求替罪羊，将一种可怕的病毒

追溯它们身上；但它们仍不敢相信，

我们假装不知道人类自身的病毒

其实比它们身上的，更可怕。

或许，一切都和大自然的平衡有关，

除了它们的梦，偶尔会涉及我们的麻木。

2020.1.23

章鱼简史

——给小梳

那里，冰冷和黑暗加深了

一个神秘的缺席；大海和时间

共有着同一个底部：细沙埋没细沙，

将最原始的舞台积淀在

它的出没中。在你之前，

为了寻找爱神的起源，我仿佛

独自去过那里。幸好，

我身上少得可怜的虾青素

不足以引诱它消耗

动物世界中最可怕的伪装。

它的天性中全无道德的影子，

所有的杀机都不过是一个环节，

和自然有关，却不构成自然的意义；

强行过滤掉其中可疑的部分，

它的完美的矛盾就会苦闷于

一个古老的循环：因嗜血而聪明，

紧接着，因聪明而更加嗜血；

无数的杀戮将它推迟到

和我们同步出场。而我们

却无法确定，站在我们这边的爱，

什么时候才传递到它的变形中。

它的形象似乎已被固定：既是幸存者，

也是毁灭者；每一次角色的转换，

它都丰富了生存之谜；唯一的失误，

就是太迷恋带瓶口的器物，

以至于纵容了人类的狡猾。

美味到无法抗拒，也会带来

一个麻烦：作为纯粹的对象，

地球上最聪明的软体动物，

你的旁观不会止步于一个事实的

自我裂变：就好像原先

只在它的世界里发生的

同样的杀戮，不仅规模翻倍，

也将我们推迟到不得不和魔鬼同行。

2020.3.20

银杏的左边简史

它如果不是一株女贞，

就永远不会有人猜中它。

没有人规定银杏的旁边，种什么树

更符合风景的口味；附近

曾经毁于大火的花园

令灰烬像忧郁症的偏方。

至于高低之间，谁更需要陪衬，

神圣的理由早已小得像蜗牛的口形

对不上黑缘红瓢虫的口号。

而如果到了第九轮，你依然只能猜到

它不是山楂就是海棠，说明这游戏

已经在我们的变形记中退化成

从鞋里倒出来的水。照一照吧，

即便紧张的预感中，可能的自省

只会来自泼溅的浑浊。

或者退一步：这么好的润滑剂，

而且来自天上，仅仅把它看成

一场雨，不觉得眼光短浅吗？

给注目礼重新选择一个小秘密，

是个不错的想法。接着，

窸窣之间，比天籁更清晰的，

你真的会用它来放大一个心裁吗？

寂静之舞。树叶的绿手腕

多到春风只剩下一口气。

咔嚓，但不是断裂。如果你

还是无法确定这是不是

一首合格的赞美诗，那么刚从树枝上

跳下来的，我又是谁呢？

2020.5.10

简介:

臧棣,1964 年 4 月生在北京。1997 年 7 月获北京大学文学博士学位。现任教于北京大学中文系,北京大学中国诗歌研究院研究员。代表性诗集有《燕园纪事》(1998),《宇宙是扁的》(2008),《空城计》(2009),《未名湖》(2010),《慧根丛书》(2011),《小挽歌丛书》(2012),《骑手和豆浆》(2015),《必要的天使》(2015),《就地神游》(2016),《最简单的人类动作入门》(2017)《情感教育入门》(2019),《沸腾协会》(2019),《尖锐的信任丛书》(2019),《臧棣诗选》(2019)等。曾获《南方文坛》杂志"2005 年度批评家奖","中国当代十大杰出青年诗人"(2005),"1979—2005 中国十大先锋诗人"(2006),"中国十大新锐诗歌批评家"(2007),《星星》2015 年度诗歌奖,扬子江诗学奖(2017),人民文学诗歌奖(2018)。2015 年 5 月应邀参加德国柏林诗歌节,同年 11 月应邀参加墨西哥国际诗歌节。2016 年参加德国不来梅诗歌节。2017 年 5 月应邀参加荷兰鹿特丹国际诗歌节。2017 年 10 月应邀参加美国普林斯顿诗歌节。

自述：

原型意义上讲，几乎每首现代诗都涉及这样的书写状况：它既是一个生命事件，又是一个文学事件。在现代社会中，诗人和公众的对立，让诗人感到孤独。我们前面提及的，诗歌的地位在现代社会中的衰落，诗的文化角色的边缘化，又加深了诗人的孤独。但某种程度上，这还只是生存意义上的诗人的孤独。这种孤独，虽然很烦人，但毕竟还是容易克服的。比如，只要协调好自己的世界观，诗人的孤独很可能看上去就不过是一种情绪现象。

而在我看来，诗人的孤独和诗的孤独还有很微妙的差别。诗人的孤独和诗的孤独，还不是一回事。日常生活中，很多诗人谈及的孤独，听上去更像是一种文化撒娇。这种诗人的孤独，也许把它看成是个人修为的缺陷更合适。诗的孤独，涉及更深刻的生命的审美感觉，以及文化的命运。我们的古人曾申明：诗言志。用现代的话说，诗关乎到一种根本性的生命欲求。这种欲求，在某种程度上，甚至参与了对人的生命形象的自我定义。换句话说，诗是一种核心的生命技艺。从这个角度讲，诗其实是一种秘密的知识。诗是我们的一种灵知现象。但，倘若我们环顾一下现代社会对诗的态度，我们就会感到隐隐的愤怒。在现代社会中，世俗的偏见，加上现代的功利主义，不断对诗歌妖魔化。这种妖魔化，不仅从公共舆论方面加以实施，而且从日常的文化感觉方面恣意丑化诗和生活的关系。我将这种情形看得很严重，也深感愤怒。因为对我来说，这等于从生存的机遇上剥夺了人们的自我觉醒的可能性。

短评：

臧棣在语言的沉醉中追溯他的意识，这些意识都归结、指向为一种诗歌理想：唤起生命的高贵觉醒。"存在首先是一种觉醒，而它在非同寻常的感觉的意识中觉醒。"正是为了勘探非同寻常的意识，臧棣的诗歌语言有一种开拓生命前途的力量，它总渴望朝向新生、朝向未知的领域。他的意识在语言的想象中攀爬、蔓延，形成生命辽阔境遇中的一片片绿荫。阅读他的诗歌，仿佛就是从破碎、不定的实际生活中回到生命的觉醒状态中来憩息：原来每一事、每一物皆有如此蓬勃生机与盎然意识。当然那不是现成的，那是被诗人的意向性赋予的。臧棣很少有客观描写的叙事性作品，他也缺少那种看起来丰富宽广的长诗，然而他的整个写作却洋洋洒洒、恣肆漫溢，毫无某种脱离客观世界的匮乏感。我们常常会被他那一波又一波的语言浪潮所淹没，为他语言中所带来的惊喜而震颤。无论是在诗歌文本中，还是在创作谈中，他都像一个诗歌教父一样，喋喋不休地言说着某种神秘的企图：唤醒生命的天性，获得生命的机遇。这种天性和机遇是否就是臧棣在诗歌中试图以其意识一味钻探的东西？首先通过实在世界主体对实体的碰撞、回归，落实意识，然后（其实也是同时）以此浑全的意识拓向那超越的、原初的纯粹性与天真性？情况究竟如何，我们只能通过阅读他的诗歌去领悟。

　　臧棣诗歌中的意识并不是枯涩的理性或者知性，他的情感、欲望以及纷繁的表象都要在诗中经受语言这一意识感官的反刍，经受语言的锤炼和洗礼。每一首诗的写作，都是一次表象的积累和理性的实践修炼。他曾说："对我来说，语言是一种感官。也就是说，我希望能在自己发挥得比较好的时候，语言会成为我感知世界的一种内在的能力。"语言作为感官，不同于视觉、听觉、嗅觉和触觉的具体、实在，它带着本质上无法克服的内在性和抽象性，要求高度的创造力，是所有感官中最富神秘气息的灵知性感官。硬要说，就是内在于头脑中的大脑皮层器官，其发达程度直接影响人的语言、直觉、知觉、想象、逻辑思维等功能。

——赵飞

刑　天

初秋的原野

浓雾笼罩了田野

　　这华贵的白丝绒从谁的肩上滑落

　　而烈日——那朵盛开的玫瑰

已同我的青春一起枯萎

　　当浓雾笼罩了田野

当锄头击醒田野的记忆

黎明恍如噩梦

　　北风，又是北风

旋转着的落叶使我沉醉已久的心灵感到疼痛

落日

落日啊，你必须残忍地涂掉这眼前的繁华

从麦垛谷仓的角落放出黑暗

让它在窗户上泼染明亮

让少女隐蔽地献出贞节而不需要寻找借口

让月亮孤独，让树枝感动南方的诗人

让暴雨在阵风后，阔步疾走

让群山消失，让孤独的水手远离大海

让他们在大地上安家

并赐给他一个明亮的妻子和一盏昏暗的油灯

暴雪

1

暴雪让大地安静

暴雪却无法改变村庄的名字

2

乌鸦坚定地覆盖田垄

炊烟把温暖送往天空

3

古寺中最后一个僧人已经远去

古寺中最后的僧人还会造访我的梦境

起来吧，悟性并不在你的脚下

坐下吧，坐在这里你也能走完一生

4

酒啊，让我躲进你的怀抱

让我紧紧地拥抱着你

今晚，我要做个生番

一口一口地吃掉你

直到彼此的火焰熄灭

雷

雷声滚落天庭

孩子在梦中哭醒

他们懂得雷的含义

雷声滚落天庭

辽阔的城市上空

我穿行于风和雷电之间

我感到恐惧

感到上帝就在我的身旁

选择沉默吧

沉默是一根透明的丝线

只有它可以将雷声串起——玉润珠圆

雨

这雨声再次响彻大地

这雨声让孩子安眠

大海高举烈焰在视野的极限翻滚

而天使的翅膀低垂

在雨声中疾走的人

不再有家

正如在荒原中穿行的野兽

不再有家

闪电撕裂云层

燃烧的灌木不再有家

大地和诗人在雨声中狂欢

因酗酒而疯狂摇摆的禾苗不再有家

他们大步走过麦田

山岗、河流和沙洲

他们踢开房门

他们把星星挂满孩子的梦境

他们在这里狂歌

他们还带来了死亡

死亡正在书写遗嘱：

最后一个暴君将在雨声中停止它冗长的重要

讲话

最后一个黎明将在黎明的雨声中缓缓升起

刀

刀也有记忆

也会哭泣

今天我抽出这把刀

看哪，它因老泪纵横而锈迹斑斑

一个女人的慢板

山的那一面有白雪

灿烂如诗的女王沉睡于此

她在等待爽约的男人——

她知道 5000 年后的某个白天

一个叫孔子的人会穿过这条大河

来兑现他的约会

但是，她已灿烂如诗

她的光芒闪耀于每一本书籍

羊皮书与竹简

压痛了周游列国的驴子

绿苔

爬上了越王的宝剑

青铜使暴君高大

而我归家的大道恰好穿过

子路的坟场、孟轲的故乡

我的楼群是如此地孤单

没有个性的房间里

网络使我们产生幻想

一个弟弟不会

传来黑色的铅块

而我们的女神还未苏醒

她在我们的头顶

那个可以望见这片森林的楼群

我梦见

一个女人在写诗

她虚构了家园弟弟和老姐

湖蓝色的树

湖蓝色的树斩断在路边，

银杏叶和枫叶翩翩起舞。

银色的小径犹如明亮的音乐，

我分明记得那天是阴天，

乌云紧贴头顶向后绵绵不绝地飞过。

我还记得孩子们在哭，因为红蜻蜓折断了翅膀。

那天，我没有听到树木的哭声，四野很静。

静得我可以听到 50 年后

一个秃顶男人，在午后，

在一座写字楼里，

在点缀着红酒和咖啡的房间里，

孤独地敲打键盘，撰写诗歌。

2014.9

黄昏意象

那芬芳扑面而来，

那声音凌乱纷飞，

此刻，是黄昏，

此刻，自由的种子已经埋下

此刻，火焰正在点燃

冬天只剩下最后一角

它在天空中翻滚

它在西方的天际翻滚

而春天已拱破冻土

而春天注定将踢开石头，摔打着暴雨和雷霆狂乱而来

而此刻是黄昏

奔放的玫瑰如醉如痴

行者：2017 年的抽象主义

如此的疲倦，

坐下来，

来一杯音乐，把一支柔情点燃，

再把记忆切成几块，

我只吃掉我的这一份儿，

那份儿有蜡烛的等你再来，

等你的，

愿望出现，

再轻轻吹灭。

九月

泛着薄荷香味儿的九月

是一片嚼着桉树叶的冰凉的甜甜的太阳

那泛着薄荷香味儿的甜甜的少女的嘴唇

宛若盛满美酒和钟声的深深的夜色

我曾经恰好是九月

我曾穿越一望无际的爱情和厄运的芦苇塘

我看着死亡如我一样傲岸

背着酒囊，歌声荡漾

诗歌啊

唯一不能被摩西拯救的只有诗歌

她脚趾涂满蔻丹

她的脚踝苍白、清凉

她驻足于埃及

她拒绝跨过红海

九月是装满青铜和风的房子

九月浑圆的泪珠是灿烂孤独的烈日

树叶已经苍老

而九月

犹如骤然绽开的石榴

犹如被命运砸烂的蜂房

就在九月，我听到哀号阵阵袭来

我听到人类步伐整齐地踏入九月

我听到有人弄乱了失去耐心的青草

弄痛了荒芜的田垄和寂静的村庄

我还听到篱笆虽然已经腐朽却依然坚强地站立

它悲壮得令夜色冰冷让秋风凌乱

它站在古旧的老屋外面

它说：我曾经那么爱你，为此我试图杀死自己

噩梦与现实

被风刮走的树叶在黎明时分出现在大地

被风刮走的树叶有一片让我们记住了黑夜

被风吹干了血迹的女孩子

脖子上的伤痕出现在黎明之后

出现在被风刮走了的树叶之上

她死在黑夜

她脖子上缠着黑色血液

我分辨出她是个女孩子

是因为我恰好穿越这北风污染的暗夜

恰好有明月

恰好有昏暗的灯光和瑟瑟发抖的冬天里的树叶

我看到了她的裸体，我看到了她和我有些不同

我看到寒冷沙沙地傻傻地把诗歌写满了树叶

我看到像我一样掩饰着空虚和恐惧的黑夜

我看到我们佯装无辜重重地踩痛那些蜷伏在黎明之前的

树叶

太阳咚咚咚咚敲着冰封的透明的棺材

我们傻傻傻傻唱着再来一杯伊丽莎白

耳语

不，不必解释

只管倾诉

我乐意倾听

在丝瓜架下，在蔷薇温暖的风中

我乐意倾听

夏天？是的，我已经使用了很多的夏天

夏天有丝瓜架，有蔷薇，有低矮的大树追赶狂风

是的，亲爱的

我只想看着你

犹如牛的眼睛内部的风景

展开，然后消失

然后等待夏天在一阵又一阵雨后

腐烂

气味儿穿越时间

穿着哐哐作响的木头鞋子

她背着书包

蓝

是裙子

红是嘴唇

不，不必解释

只管倾诉

竖笛惊散蔷薇

大水弄坏堤岸

我喜欢倾听

喜欢夏天

和

你

疼痛是一束光明的号声

疼痛是一束光明的号声

我的老师通过镜子看我，在他的眼里我是无垠的旷野

我是旷野中随便撒落的种子

鸟儿穿过寒冷在母亲的记忆中鸣叫

我是在一声欢快的喊叫声中被埋下的

现在埋下我的人已经远行

他经常在我疲惫的梦中远远地探视我

他告诉我：疼痛是一束光明的号声

老师的书是神秘的书

老师的额头是时间雕刻的额头

我不想成为一个诗人不想在论坛上和那些低能的弱小的

　生灵拼杀，我想用我的心来原谅他们

老师在读书读那么厚的书

那么厚的书有切割好的时间

什么是公正什么是正义什么是人类的神圣主张

下雨了，老师撑开的是普通的伞

没有油纸伞

没有忧伤的眼睛穿过雨巷

只是下雨了

道路泥泞

道路泥泞我还要走下去

走下去吗

为什么要走下去

我抓着一把硬币

我一路向质压尊严的人施舍

我的心中默念

愿上帝保佑你

愿上帝保佑你

疼痛是一束光明的号声

婚礼如期盛开

伪装成贵妇的新娘

伪装成绅士的新郎

伪装成亲人的亲人们

在我的四周

在花的四周

我们微笑大笑推心置腹地

谈论美酒和美酒

事业和事业

真诚和真诚

滑梯

滑不回童年的滑梯

灰尘永远无法抖落的灰尘

下雪了一个灿烂的冬天

又一次来了

面对这个冬天我说

疼痛是一束光明的号声

瘸狼

这是衰老，这是黎明，这是花朵凋零后的种子

干瘪的壳子，沾着泥巴，风疲倦地翻滚在阿塔卡沙漠的
　上空

戈壁凌乱的石头把我的足迹深深掩藏，

地下湍急的泉水哺育楠木的棺椁，

他们沉默千年，没有芽胚突破死亡。

去年埋在春天中的尸体没有拱破冻土，荒原依旧，风信
　子压倒少女，

优美的草帽儿在天上飞

这是衰老，这是黎明，这是星空绽放的黑暗，

这是安静的下午疲倦阳光下敞开的门，

是阴影，是蜷缩的蝮蛇爬出洞穴闪落的冰片

追赶和停留，逃亡与流浪，

堆满温馨和甜蜜的床垫，在静寂的夏天拒绝抒情

死是如此安详，如此亲密，嗓音沙哑的树叶，揉搓着空
　气，

从山坡到河流，到空旷野地上空的落日，

云霞乱舞的黄昏以及孤寂暗夜中的油灯，

吹亮我们又熄灭我们，这嗓音悠长又短促。

我的牙齿在月光中闪烁，我咬断的喉咙宛如喷泉，

鲜血之花绽放又骤然衰颓，死亡的牙齿更为锋利，

我无法摆脱，又不能立刻倒下，如初生的婴儿，

开始从开始步向结束。

像艰难的性爱，像高潮的峰顶，像深深的山谷激荡着欢
　　乐和绝望的回声。

暮年

太阳

其实就是一块

坚硬的

甜甜的

石头

被时间切成

蝉翼

薄薄地堆放在

摇椅上

我恰好走过

我恰好坐在那里

风恰好吹起阳光

恰好我的舌头和阳光绞在一起

这是个晚春

这是个黄昏

我的头发花白如雪

我的额头乌黑如铁

2019.10.3

夏天：1989

这不是一个什么特别的日子

期待的暴雨没有来

天空像个龟壳

只是绿色落满大地

只是真正的音乐在肌肉中流淌，激荡

站在美丽女孩儿眼中的风琴手

破衣阑珊

他的长发如狂风晃动的村庄

他的嘴唇如帝国冷酷的大门

他的手指如狂奔于原野的麋鹿

狮子在草丛里

被剔净的骨头在阴暗的书中

这不是一个什么特别的日子

记忆已经碎成烟叶

我们卷起它，深吸一口

我们深吸一口

风琴手深吸一口

期待的暴雨没有到来

只是风琴在颤动

只是悲情的女孩儿在颤动

她梦见一所房子

在光滑如镜的广场

简介:

刑天,原名唐伯志,"圆明园诗社"成员,幸存者俱乐部成员。著有个人诗集《隐痛》、投资书籍《魔山理论》、长篇小说《阿卡西之书》《肥脂流甘》。

"我的名字经常被颠覆和无意糟改。少年时代,住院的时候我叫唐伯志,手术后我叫常国志,出院的时候变成了常博字。好不容易成为诗人,《当代中国实验诗选》把我的名字写成了刑夭,千难万险出版了一本个人诗集《隐痛》,名字变成了邢天。多少年后,一个哥们儿采访圆明园诗社社长,我的名字成了唐国志。我生于北京,1964 年 11 月 7 日哭着来到这个世界,天蝎座。这也会被搞错,徐敬亚、孟浪编《中国现代主义诗群大观》把我出生的时间修改成了 1969 年。更让人哭笑不得的是,我曾经一度被归类于沈阳诗人,只是因为我 2000 年到 2002 年曾经在沈阳出差了两年。更有不靠谱的事:一个叫王三一的人,竟然在网络上编了'刑天诗选'。里面有三分之二的诗和我无关,我从来没有在网络上和网络下发表过古诗或近体诗,那里却出现了以我命名的七律和古风。"

自阐：

　　关于诗的创作，无论是诗到语言为止，还是诗从语言开始，不可避免的是语言永远是构建诗歌的基础材料。我们可以造一个字，但是，我们不能造2000个字；我们可以造2000个字，但是，我们不可以用这2000个自造字创作诗歌。语言一定具有普适性的表义功能。所以，所有的诗人在这层意义上都是俗人，他都要且必须以语言普适性的背后的阅读者作为表意对象。没有人真的只把自己当读者而书写的。

　　基于此，那些叫嚣反修辞、反美学的先锋者就露出他们五彩斑斓的底裤和底裤中跟我们一样的器官，只是那器官比我们更肮脏更孱弱更惨不忍睹。所以，我们看到了伊沙类非诗创作，我们看到了所谓伪诗梨花体，我们看到了一群业余选手装出一副诗人的样子一天流出100首。那不是诗，那是伪诗或曰非诗。

　　诗歌对我而言是一种生活方式、一种信仰，更是一种表达的手艺。我是诗歌的原教旨主义者。我捍卫诗歌的本体，我尊重对旧有美学原则的冲击甚至颠覆，但我更钦佩新美学主义的创立，然而一切必须从诗歌开始，且到诗歌为止。

短评：

印象：刑天和他的诗

1986 年我在北京读本科。

"看，那个人，就是那个蓬头垢面的人！"我的闺蜜指着不远处迎面走来的年轻人对我说，"他就是诗人刑天。"

这个诗人和我了解的诗人不同，在我见到他之前，头脑中诗人的形象有两种，一种是雪莱那样帅气的人。一种是政工干部一样梳着背头、油光粉面的人。

他和这些没有关系。他的皮肤是黑色的，他的眼睛是凶狠的，他的头发是卷曲的，像一团乱麻。

正式认识他是在北大的百年讲堂。当时是冬天，他穿着黑色的棉袍，绿色的灯芯绒裤子。他攥着一根棍子，一边朗诵一边敲打着一面大鼓。鼓声是混乱的，没有节奏。

那晚到处都是人。沉寂和掌声之外，就是那面破鼓的咚咚声。

他的朗诵应该叫咆哮，或者号叫：

"我是那么爱你！／你就是一把锋利的刀，／我允许你刺入我的肉体。"

"我是那么爱你！／我的心可以是一顿晚餐，／你可以在蜡烛的光芒中细嚼慢咽。"

刑 天 的 诗

那天，我被吓着了，我第一次听到有人会如此描写爱情。

散场时，让他替我签字，他拒绝。他说：你可以让我爱你，但是，你不可以让我签字。这之后，我成了大仙、坚平饭局上的常客，通常是大仙起题，然后就是刑天和大仙的争论。这段时光有一两年，1989 年，他突然失踪，问大仙，大仙也语焉不详。

再次相逢是在 2018 年的扬州，晚上去酒吧，大仙说这是刑天。我很吃惊，一时间，我无法把那个长发奔腾的青年和眼前这个发福的秃头中年联系到一起。

我们拥抱，问他：还记得我吗？他立刻叫出了我的名字，依然是一脸坏笑。

他点的是四玫瑰，大仙点的是山崎，我点的是啤酒。

我问他："这么多年在忙什么？"

他说："生存。"说这句话的时候，当年的豪气似乎隐约可见。

之后，大仙让他浪诗，他没客气，喝了一杯酒后，人突然严肃起来：

"死是如此安详 / 如此亲密 / 嗓音沙哑的树叶 / 揉搓着空气，/……/ 这嗓音悠长又短促。/ 我的牙齿在月光中闪烁，/ 我咬断的喉咙宛如喷泉，/ 鲜血之花绽放又骤然衰颓，/ 死亡的牙齿更为锋利，/……"

这首诗叫《癞狼》。我以为癞狼是对死亡的一种暗喻，逃跑者和追逐者最终含混不清，甚至合二为一，这种结构的消解实际也是对生命和死亡的一种反讽。死亡是刑天诗歌中的常见主题，他对死亡的诠释可谓五色斑斓。

"岁月摧毁了城池，/使橡树成灰，/你却安然归来，/像死亡一样年轻"——《狙击爱情的日子》，死亡在诗里不是衰老而是年轻，不是终结而是开始。死亡不仅年轻而且还是一种生动的带着香气的乐音："快来，让时光之轮响彻命运的轨迹，/让死亡在未来芬芳嘹亮。"——《妲己的爱情》

这种黑暗抒情，大仙的评价是：一种对诗歌的持续抵达。在语言运用上，也很圆明园。他没有刻意地使用所谓口语，来迎合潮流。他说，他只是试图锁住诗意，并不在乎是否先锋，没有诗意的先锋和诗无关，没有诗意的颠覆和诗无关。从这种角度看，诗人虽然已经老去，诗意确实还葳蕤、葱茏。

——万儿

宋逖

略去——给逸豪

在梦中，想起逸豪在圣彼得堡坐在阿赫玛托娃

曾坐过的椅子上给我写信

（他为什么会给我写信，我只是送过他一瓶红酒，

和他谈起过马勒）

是的，这是三个月前的一个梦　但是直到今天早上，

我才读清楚了那封信的内容：

"亲爱的朋友，我在阿赫玛托娃纪念馆，

不知道为什么泪流满面

我突然想吃狮子头，而且听到了空气中飘浮着马勒的音乐。"

是的，我年轻的朋友上个礼拜登上了去俄国的飞机

"请接受我的忏悔，我翻译你的诗时，

在第三段，略去了那些跟随着女兵们撤退的

剧烈摇晃的桦树林！"

写给作曲家 Mieczyslaw Weinberg 的光之意象

光使用田野的样子，我们叫它黎明

光还使用完了灯塔所照顾的黑暗，光用十一月的李子树
　　来录你的声音
却从来不发给我悲伤的使用手册

我第一次听见苏契·盖佐和我谈火车：像维恩伯格在他
　　的大提琴里丢掉的东西
这让我确定金子内部的黑暗是用光来照拂的

另外四个名字：信仰，愧疚，爱和可能性
这一切在阿赫玛托娃那里用一朵玫瑰就能完成

在我们自己的诗里却需要
左边的夜莺打开完全使用西班牙语的 VPN，同时还需要
　　我们
到河上那座桥的中央等着和度母们相遇

今天是拿着玛吉拉准铃鼓的绿度母们和你错身而过

虽然，你坚持着说

绿度母不拿玛吉拉准的铃鼓

但是，即使不成功的大提琴家手也会在此时说：

"你肯定还没修理好一座桥上被伪装成大提琴的大提琴。"

但是，在藏学家 Chogyal Namkhai Norbu 的书中

都清晰地解释过这一切

但是，疑问如果同时也像洞察力般加入到忧伤中

那就需要我们以报身凝视从光的忿怒中抽出一朵

伪装成康乃馨的多重的蓝

也就是，你使用过比如一把旧伞，熟睡中浪费的地平线

或者真的打算从燕子的匆忙中借出的错误之吻

也就是，你真的说过，蓝天哪怕用了过多的 VPN 来伪装

　光的

禅观，在真理的层次上想你一定会知道

在每一个大提琴手的头顶都有看不见的绿色的雾霭

光不只打造近乎透明的巨大宁静

在你的心里，它还会

用犯罪般的忧伤插入到正向你拿出信件的两位说广东话

  的西班牙圣母之间

然后，我就试图在一首诗里描绘乡愁，我可以问问那

光使用田野上那顶从大海里拎出打字机的白帐篷

"在你换上西班牙语的键盘输入法之后

有一个左边的夜莺失灵了。"

在藏灵噶记事

田野的助听器有了光

搭白帐篷的是重重蓝天泼出的蓝

写出一首诗已经足够使我羞愧

因为忍住止疼药的黎明只为我留下一张救度母的黑白照片

无题

为什么穿藏裙的尼泊尔空姐赶不及我手里有绿松石的孤独

为什么降落伞总是对着天空猛烈投出另一块田野

为什么你为立陶宛担心

像特朗斯特罗默诗歌里写到的完全一样

为什么白玫瑰不理睬被红玫瑰伪装的太阳

为什么鸟也知道在白桦树信仰的高度总有被磨损的高尔基

　　牌斧头

为什么阿赫玛托娃也写出过这一切

还有茨维塔耶娃，但后者必须用自杀来弄沉我们未上路的

　　虚荣

黑海鸥让你在站着拍照时回应驳船的哭泣了吗

我的父亲在退休前才感到你是爱我的

"忆起重重叠叠山"

为什么噶莎·雀吉的歌声到今天阻止你继续伪装忘记归

　乡路

但如果是那从白太阳的睡袋里偷出孤独肥皂的人来说

为什么把天空洗得更蓝的洗衣机还没有用我的名字

被略去的七行诗

在诗人王家新那间"策兰书房"的书架上，没有发现我送他
　的那本诗集《1937》
在策兰夫人吉赛尔的版画和阿赫玛托娃木刻肖像之间

我知道，我的那本书只属于1937年的那一重宇宙

是在1937年还是更早的那个"火星之夏"。在开往黑海的
随着白军撤退的火车上。
女诗人从那本我带来的《旁注之诗》上侧过脸来问我
"这上面的题签我猜是写的你的名字。那么多年后，
你是否会随他来到我的墓地。未来是写给但丁的第七行诗。"

在开往"火星之夏"的最后一列撤退的火车上，我承认我们
　的溃败。
尽管，我们的缪斯也跟上了我们
尽管她和阿赫玛托娃海军医院的护士们一起擦洗着我滚烫的
　脸颊
那本从诗人的书房书架上抽出的诗集

"在 57 页真有写给你的那首《火星之夏》。这首诗甚至早
　　于 2020 年。"
从未来的早晨我们讨论一位诗人在 1937 年的书房

为我绑紧血压监测带的护士问我
"你说的那个故事，当你醒来的时候，是否真的是阿赫玛
　　托娃本人在为你读那首《旁注之诗》，还是这一切都是
　　你的幻觉。"
"我确实在认出你的时候，
才知道我们是最后撤出圣母教堂的那支军队。夜莺和不知
　　名的野鸟们，
用死亡的凝望在我们头顶织出死亡的十字强光。"

在诗人的书房，我请他的摄影师妻子为我在吉赛尔的木刻
　　画前拍照
只是我该怎样告诉她：
"你知道诗人在那首诗里略去的七行诗，
却依旧能被那名为我测血压的金发碧眼的女护士读出——
在她为我朗诵这些句子的时候，
我从七天七夜的昏迷中睁开了眼睛！"

简介：

宋逖，本名王京生，1965 年 7 月出生于北京。著有诗集《融摄·光之树 1937》和音乐随笔集《流亡的语速——来自左岸的音乐极乐同盟》《夜莺障碍——唱片客的秘密聆听年代》。亦从事小说的创作。现居北京。

自述：

诗　观

到底是什么时候，我真正意识到我自己的诗歌里的那个"北京地址"，如同"被融雪压弯的葡萄藤或马克斯·邬里克的慢镜头"。作为曾受北京本土"朦胧诗"影响的一代人，我本人的诗观其实更来源于俄国"白银时代"那种对神秘性和超验的持续观察。千禧年左右的时候，我和北京本土艺术家盛洁、李岱昀她们那个圈子的交往，和"挂在盒子上"摇滚乐 Gia、沈静等"北京新声"的交往，从另一个层面改变着我的诗观。

关于北京，或许更私人的话题是，我的北京是从九十年代的"新街口"开始的（关于"新街口"，北京诗人顾城、童蔚都有以此为题的诗，我的《新街口》该如何写呢？给我深刻印象的是，声音艺术家张守望为挂在盒子上的主唱 Gia 王悦在新街口拍摄的一张肖像照片。这比那幅刊登在 *Newsweek* 杂志封面上的"挂在盒子上"乐队在北京的那张海报宣传照片更契合我对北京的记忆）。

作为一名爱乐唱片客，我出版的头两本书都是关于爱乐主题的《流亡的语速——来自左岸的音乐极乐同盟》《夜莺障碍——唱片客的秘密聆听年代》。在九十年代的新街口唱片店，我的"北京"是从拉赫玛尼诺夫的那套 800 多元的昂贵的"绿盒"，也是从听卡拉扬的贝多芬或马勒的唱片开始的。多年后我将那幅李德伦和卡拉扬在北京街头的照片作为我的微信头像。

诗歌就是我的"北京绿盒"，对于北京我也形成了我自己的迷信，比如我从不去圆明园，每隔一段时间要去朝阳大悦城的单向书店买几本不打折的推理书。作为唱片发烧友却几乎从不去听古典音乐现场。正是在这样的北京，我的诗歌写作也指向"来自未来的昨日之世界"，比如我将我近年的诗作定为《1937》。

2020 年，我热爱的匈牙利诗人苏契·盖佐因为新冠去世。我在深夜和从北京旅居匈牙利的翻译家余泽民聊起苏契·盖佐，聊起当年在雅宝路的北京国际邮局，第二天我把我的诗集通过北京邮局邮递给余泽民先生，他对我在这个时代还通过邮局这种方式来"快递"感到困惑。但是诗确实是通过这样"过时"的方式来传递的。

诗，就是另一种层面的"平行宇宙"，是"最充满了未来感的记忆"，也是——如我自己那本书的书名所说——"夜莺障碍"。

短评：

收到宋逖的诗集，必须记上一笔，他是我很喜欢的诗人。在六〇后当中被严重低估的诗人，我和他气味相投，无论是俄罗斯文化还是藏传佛教还是爵士乐。他的词汇表不属于当代中国。

——廖伟棠

黄燎原

李杜

李白对杜甫说：

他们不说你的律诗好

他们说你是人民的诗人

杜甫对李白说：

他们也说普希金是爱国诗人

跟裴多菲和海涅一样

看了半个电影，以下文字与电影无关

嘿，你不必怀疑

那张石桌上的残酒

的确是我的，的确

在这个夕阳只剩光环

鲜花被鱼吃光的傍晚

你走错了路，跟着

一匹矮鹿一去不返

我坐在越来越冰凉

越来越方的石凳上

喝酒，等你迷途知返

春天·第二首

这个春天

灵魂遁入大地

骨灰撒满江河

这个春天

绿草依旧如茵

哭声替代夜莺

这个春天

没有可以信赖的广播

新闻各自为政

这个春天

谣言像鸟一样

真理趴在鸟粪上

这个春天

人类有共同的敌人

朋友却反目成仇

这个春天

不值得为它写诗

但允许为信仰翻脸

这个春天

全球像一束花

跟和平的世界说再见

鸟

那些站在枝头的鸟

有多渴望

被风一扫而光

风来了

鸟一动不动

树枝颠簸

晕车晕船的人

也晕飞机

青山翠谷

如果上一世活过

我想我们也是在一起

要不然怎么会

一见面就如此亲切

所有的形容词

都是用来掩饰真相

只有我形容你

是披露事实

我形容你是

青山翠谷

这一世我们难以分开

即使算不上命中注定

这辈子过得好好的

但一想到下辈子

不一定可以跟你在一起

我还是感到绝望和忧伤

就让这一辈子

过得更长久些吧

最好我们可以

被一起拉入来生

午餐

一碗葱油面

两只切成一半的温泉蛋

清澈的粉丝汤

本来食欲像苍蝇一样

可惜了坐在我对面的人

食欲减半，一切从简

比喻

一屁股坐她屁股上

像坐在汉白玉上

她比汉白玉柔软

汉白玉没有她白

所以这个比喻不恰当

但在这个比喻里

的确有我想说的东西

响尾蛇

墙角的声音

像雪一样白

像白银一样亮

像安静的鸟巢一样嘈杂

像水一样喧哗

像海一样奔腾

像花朵开放

像蓝色花朵在深夜开放

像花朵竞相开放

像干燥的灯光

像干燥的仙人掌

在月光下歌唱

像玻璃和玻璃摩擦

像纸张和纸张

擦枪走火

没有

1

没有不要钱的饭
没有不长嘴的脸

没有生命没有意义
有的生命毫无意义

没有人的一生可以重来
没有你的人生半途而废

没有一天不是新的
没有春天后面还是春天

没有一个老者不曾少年
没有一个醉鬼曾经醒来

2

没有儿女的父母

和没有情人的情人节

没有《圣经》的书架

和没有摇滚乐的电台

没有外地人的首都

和没有北京人的北京

没有光明的黑暗

和没有黑暗的光明

罗密欧没有朱丽叶

草东没有派对

3

没有语言是正义的

没有文字是邪恶的

没有人心是死的

没有心人是死的

没有没有爱情的爱情

没有没有灰尘的尘世

没有一座教堂里有耶稣

没有一座教堂没有耶稣

没有一尊菩萨是活的

没有菩萨不是活的

如果

如果再有一个房子

就再娶一个女子

跟她生一个孩子

如果再有一个女子

绝对不要孩子

一生枯守一个房子

如果再有一个孩子

就一起盖个房子

给他娶一个女子

嗯哼

舒服得就像

一块

在牙洞里

藏了很久

的

东西

终于被舌头剔出来了

梦（组诗选章）

1

梦见儿时玩伴
两家人
四个双胞胎
澄、清、明、亮
旭、日、东、升

我说小时候
我能认得出
你们谁是谁
现在认不出

澄说记他的华发
明说记他的背驼
旭说他拄拐杖
升说——
记我们的媳妇吧

4

中学微信群有人＠我

说亲爱的×××同学

我看到你从一家小旅馆

推开绿色油漆门走出来

身边的女人

穿棉布裙子

你们手拉手很亲密

请问这是什么情况

我说我刚回国

跟太太去办点事情

事情就是这样。我退群

13

擦肩而过时

我手里的香烟

蹭到他衣袖

我转身道歉

然后匆匆向前

他追上来说

你的万宝路过期了

简介：

黄燎原，1965 年生于北京。做过编辑、记者。经营画廊和摇滚乐。出版：《诗选（2008—2016）》，长篇小说《烂生活》《我的幸福生活》，随笔集《打一巴掌揉三揉》，《燎原说画——近看西方现当代艺术》，编著《西方摇滚乐大观》《1986—1996 中国流行音乐十年纪事》等。

自述：

最近几年，我主动颠覆了我对语言文字的一贯理解，让自己去往我曾经最为不屑的语言文字领域。我终于彻底解放了，写作的自由和自由的写作同时来到我身边。原来真这样，当你不为名利，语言轻松下来，像风儿吹、鸟儿飞，它无所不能。当你站在原来你钟爱的语言的对立面时，你才感到语言的魔力和魅力，语言的浩渺和广阔，你才算真正开始靠近它了。

语言不美而美是需要悉心体会的，就像有人讥讽加利福尼亚没有四季一样。斗转星移，草木荣枯，也非常人乐意去关心照看的。所以写些低俗浅显的语言，让低俗浅显之辈觉得低俗浅显有何不可？

语言的可能性譬如高山大河，即使最常见的比喻象征排比，也会因人而异，只需微小变动，已经大相径庭，表面纹丝不动，心底波澜不兴。

诗歌不是生命，是生活。

能与文字结识，和语言相亲，我觉得好幸福。

短评：

黄色可以燎原

要说写诗，燎原可以算得上老司机了，无照而且酒后，一晃居然已经三十多年了。这么长的时间，我跟燎原的境遇相似，虽然一直在断断续续地写（冷不丁冒出来一首），但似乎从来没被认同过。不过这样也挺好，虽说没沾过诗人的光，却也免得惹得一身腥臊，躲过了致命的一劫，也躲过了人在江湖飘所难免要挨的那一刀。

虽然一起办过《边缘》，但我跟燎原很少在诗上交流。直到三十年后，诗已经融入了我们的日常。随心所欲而不逾矩，对我们来说已经不是什么难事儿。

可我还是被燎原迷惑了，好像是上个月吧，他写了一首老猫去美国的诗，我读了以后，还以为老猫真的去了美国，谁知老猫此时正在天通苑撸猫。诗歌就是这样让我们不辨现实，在这种情况下，再去谈什么诗歌的意象，或者诗人必须要认识多少种植物之类的还有意思吗？

有一点可以肯定，对于我们来说，把诗歌当成第一生命的那个年代已经一去不复返了，我们已经原谅了它偏激之处。我们再也不会为了诗而飞蛾扑火，也再也不会像小兵张嘎那样，拿着一把木头手枪给全村人报仇。对现在的我们来说，平衡可以随时打破，走楼梯可以不押韵，灵光闪现也不像从前那么重要了。既然诗歌所表达的不再是诉求，那么往昔的旗帜，为什么不能变成一块遮羞布呢？

有一点可以相信，一日为诗，终生为诗。每个人的身后都拖着他的尾巴。

——老驰

张　爽

戊戌正月的 15 首短诗

苹果花

你的焦虑来自这些苹果花

秋天　我们和好了才分手

冬天　没有问候

春天　我的焦虑来自这些苹果花

2018.2.17

破五

一夜都愧悔絮叨真理

无非背着神的小得意

夜空被雾霾森严监管

我的心也被谎言戳穿

2018.2.20

镜子

有的画照见过去

凸显恁烦俗的恶

我猛掷出厚字典

砸向花神和天使

2018.2.21

兰亭

机器人能写兰亭

那不代表我

我识字有限

我有很大局限

2018.2.22

风景写生

海树房子石头大山和过往行人都嘲笑我

我和他们一样美　一样笨　一样凶烦

一样

2018.2.23

卡农

窗外的飞机是来接林妹妹的

也接宝玉和宝钗

他们一直陪我过年

他们永远同来同去

2018.2.24

十字星

苍穹早晚会绣满上亿颗人工星星

本就见不到十字星

头顶灿美群神

请让我夜夜守在猎户星脚下吧

2018.2.25

未来

鲲无限大　海也是

鹏无限大　天也是

对于未来

它们无限小

2018.2.26

戊戌上元

欲望代替不了深情

礼教代替不了老庄

它们都不能代表人性

2018.3.2

飞驹

我的飞驹是一枚蝴蝶胸针

别在枕上

我看见你们如星月

伴我飞奔

2018.3.8

等待

等待的人是透明的

呼吸和心跳如甲虫饰物别在胸前

它闪烁　好看得

像一枚不曾熄灭的星星

2018.3.12

正月二十八

无论多小　正方形就是祭坛

花还没开

我站在地砖中央　祭奠被谋杀的

早春二月

2018.3.15

正月二十九

想起一本杂志叫《没有风的季节》

想起醇香的汗滴从手臂上滚落

想起年轻的葬礼上

我们悼念我们自己

2018.3.16

幻象

冰封住桃花门

小爱丽丝迷路　留下脚印

雪连象征都不是

雪就是雪

2018.3.17

钢笔

剪掉的头发很像钢笔水

所以

每次剪发

我握着钢笔

2018.3.18

山中精灵

橘猫

拐弯处的路边儿蹲着一只正在小憩的橘猫

这回根本没有刹车

它悠扬地挺身阔步

正好切过车灯的放射线

消失在夜中

倏忽仅只一瞬

显出山中之王的从容

它不止九条命

金色的侧影过于严肃

使我们的话题只好慎重起来

这次我们谈论药品

它能伤害语言和视力

它让橘猫的金色呈现梵高天空的礼花

它还减缓了语言的速度　令

大脑和声音不同步

于是　三人以上的聚会因为嘈杂产生的焦虑

特别是喝大酒

都成了大障碍

橘猫没有裤兜

要不　它一定会把一只手揣在兜里

抽烟　思考

就像通常所见的哲学家

灰兔娃

灵活的大耳朵

机警地颤动了一下　车

就停了下来

它没有穿西服　也没戴白手套

只是在方便

七月的精灵平易松弛

它们经常会自言自语：

这可是鬼七月　人可不是精灵

小灰兔灵巧地蹦蹦跳跳看着车灯　问道：

你是毒蘑菇吗？

它没有得到回答

跳上坡　进了兔子洞　去

找妈妈继续睡觉

猎户不在天上

山路蜿蜒　此时

天鹅还亮闪闪地飞在我们的前面

只转了两道弯，它就迅捷地落在我们身后

最亮的还是太白金星

的确没有找到猎户

他难道早睡早起吗

他的红肩膀是勤奋的标志

夜旻美如星盘花头巾

系在猎户秘密新娘头上

她一定叫爱丽丝

黄鼠狼

第一只跑得快极了

倏地一下

一道微茫的金光闪过

第二只在下山时宽阔的路途中飞快横穿

它的身体约是尾巴的三分之二

体形修长　小脑袋　毛发短而发亮

不像猫　也不像松鼠

有点像微型海狗

侧影一副鬼机灵相

它会给鸡设圈套

还会对月诵读咒语

明月　那本就是撒旦的天梯

西山被它们分头盘踞着

不久的将来

它们会收过路费吗?

即便如此　它们依然是精灵

小　狗

村口的一条土狗正沿着道路散步

进山的人带来城市的俗气

它不屑地拐弯回村了

在这充满芳菲蜜脂的西山

值林叟　无还期　都是

模仿

小狗不屑一骑铁兽的飞驰

它慎独

七月属于它自己

还是回闹市吧

讨论继续

夜游之后

钻进看不见星月的小屋

喝杯烧酒　吃顿

夜宵　直到

与黎明告别时分　回到

忘记精灵的世界

半截塔南街

白天　疼痛攫住我

扶着墙　晕乎乎地爬上楼

躺倒

还好　可以暖和地死去

手机响了

我勉强抓起手机　你说

下午好

忧伤袭来

我起床　喝水　交

取暖费

傍晚　吃老边饺子

回家路上

穿行半截塔南街

好久没走这儿了

雾霾中　路灯昏沉

远处走过来两个男人

突然搂抱着扭动起来　半天

我才反应过来——

他们在练习拉丁舞

其中一个胯部扭得很高

我想起妈妈老了才学拉丁舞

她高兴时就这么扭动胯部跳几下

寒气袭人　灰黑色夜色中

没能和妈妈分享我的快乐

借着两个雾中扭动的黑影　变成

我的悲伤

2017.11.7 草，2019.2.24 改

简介：

张爽，1968年生于北京。诗人、画家、编剧、主任编辑。先后就读于中央美术学院和中央戏剧学院，获硕士学位。为民间杂志《手稿》创始人之一。"诗生活"的《手稿》在线"诗歌论坛发起、创建者之一。

2007年，10首诗被选入《四人集》。作品入选2003年第四届、2005年第六届北大未名诗歌节诗歌朗诵会，并被选入诗集《我诗故我在》《心灵寻找她的社群》。作品多次被选入女性诗歌杂志《翼》。

创作油画《2002年，离开福利院——诗人食指肖像》（2003—2011）、大型壁画《睦——燕京神学院的礼拜天》（2003—2005）、国画《圆明园诗社》（2019）。作品被中国美术馆、中央美术学院以及一些中外收藏家收藏。

出版诗集《绿苹果》（作家出版社，2012年）。出版专著《变革媒介时代的新式新闻》（北京日报报业集团同心出版社，2013年）。诗歌、绘画、散文曾发表于《诗神》《艺术报道》《海内与海外》等杂志。

真相与假象

用自己的感受直接去描述现实，它就是幻象。我通过写诗认识到这一点。除了梦境，我从不描述幻象，但它就是。

诗不需要异化意象与词语，把亲眼看到的合情理、就该如此的意象与字词做间离处理，着力于置换真相与表达，纯属多此一举。

比如丁香公园的意象，丁香很香也很美，令公园里充满春天的芬芳。诗中叙述的是女孩的恐惧，她的恐惧就来自丁香。

诗有自洁机能。生活中的场景、事件、人物被我选中作为题材写入诗中，会显得与真实疏远，根本不真实，但它就是真实。

越熟悉的地方越陌生，北京和朋友们，对我就是这样。我并没有特意专注于这种陌生感，但我诗中的北京和朋友们，对我来说特别陌生。我想，对读者也一样陌生。可能陌生感正是我诗中词语质地的一大要素。

我不专注陌生的幻象，反而极力描述真相。应该是我的情绪和态度掺入其中，令真实变成假象。

短评:

我认识张爽大约是在 1994 年。几十年来,她都没离开过文学艺术。

我年轻的时候也写诗,那时候我以为写诗是为了追求终极意义。看了小爽的诗,才明白用诗来追求真理就错了。有感觉,没有意义,才是诗。

——张郎郎

在今天,一个人要有怎样的心力,才能写下"我只用清水／在阳光里倾诉"这样的诗句而依然气定神闲?然而,这正是我对张爽诗的整体阅读感受。这不是说她的诗避开或过滤了所有的污泥浊水,而是说她始终在诗中致力疏浚、打通种种生命的壅滞和闭塞,让我们感受到灵魂和语言之水那活泼泼的、本质上是无辜的清亮源头——即便是在"心拧成了大辫子"时也是如此。她的诗让我们重新体味何谓"澡雪精神"。

——唐晓渡

体悟生命、精灵、各类物种以及星座,张爽在描述中,使用平静的浪漫手法梳理出词语的情绪气氛,而她的社会及情感遭遇和所处的历史阶段则是朦胧的。不过,放射线、过路费、马达、啤酒主义者、微信、金腰带等

张 爽 的 诗

等用词还是给读者注明了当代的线索，但它们并不重要，因为个人修炼过程里的自言自语与星空的缥缈对应才是主流，它渗透出道家的树木与建筑材料的差别。

——严力

我固执地认为所谓的好诗，是由诗人的一种情绪里生成的。张爽的诗里常有此类气氛。带有情绪的表达是灵动的，有湿度，是沾有露水的鲜花，有别于漂亮的塑料制品。

在情绪中获取灵感与意象是天才诗人的品质，作品中的内涵与维度是诗人阅历、学养、智慧的折射。张爽笔下有童话故事，有昆虫、其他动物的生死，有禅学，还有茶道。在诗歌的田野上，她看似信马由缰，其实有意无意地掩去了技巧的痕迹，聪颖而狡黠，即使存在着松散、琐碎、唐突、晦涩，均被有机地化解。

——艾丹

有了这诗集，作者这二十多年来的生活，便无须一部散文体自传了。这是一部用经济、微妙的诗体写成的作者自传。

较之作者本人，它使我更清晰地看到了与作者有关的一切。这是作者的自画像。其笔触未必稳，色彩亦未尽完善，但感受是真诚的。按我的趣味，这种感受，原只能保留给自己，或与自己最近密的朋友。今张爽愿意公开它。那么也好。就让它成为我们这不真诚的时代犹存清白的证据吧。

——缪哲

张爽是当下少见的叙事诗人，她写的当然是当下事眼前人，而且不浮夸不粉饰，但不等于不转换。所以这里不得不提她是"心灵现场的守护人"。她看到的事物、景致无不被她内在的色彩、温度、音调、认知、生命敏锐度所打磨，所转换。你甚至可以看到她文字中一朵朵小花的生灭枯荣。张爽是记录者，但绝不是他者。

——老贺

老　贺

暗杀

在心里杀死一个人

才叫作暗杀

神不知，鬼不晓

灵魂就滚到肉体的阴沟里

继而微笑，握手，打躬

春风秋雨，花好月圆

直到有一天你从大醉中醒来

看到满桌的荒坟

在推杯换盏

暗器

咳嗽是一种暗器

藏在咽喉里

随着呼吸的起伏

蠢蠢欲动

如果喉咙发痒　肯定是枣核钉

如果喉咙发干　那就是梅花刺！

突然，眼前一片烟雾

我吐出的铁球反弹回来

两个暗器撞在一起

我知道危险来了

我赶紧将身体缩进咽喉里

我准备发一种暗器

将空中飞过的词语

——击落！

2020.5.18

我在呼吸中磨一把剑

我在呼吸中磨一把剑

慢慢地　越拉越长

这块黑色巨大的磨刀石

溅满了天空的火星

我在空中磨

在颠沛中磨

在风的咸味中磨

我要把呼吸越磨越薄

我要把夜晚越磨越亮

突然，一个阴影

从内心闪过

一剑刺了过去

口罩里的余生

今夜，我独自

将 江南亡国的山水慢慢睡醒

最先醒来的嗅觉

闻到了一种绿色

一种从头发根里长出的

足以抹杀人性深处

记忆的绿色

我已无法动身

卑微的怀旧如同一次盛大的梦魇

是时候该交出一份中年的罪状了

油腻，肥胖，多疑，矫情

自负，胆小，口苦，心软

迷恋声色却佛言佛语

恐惧时间又沉溺于

虚无波罗蜜

当我交出一次虚构的口供时

风中的少女纷纷长成了

赤兔胭脂兽

我总觉得这座江南小城

是我层层记忆凝聚的

遗忘是城外茂密的松树林

故居拆散时

我的修辞也七零八落

那些没有说出的

    观念里的荒草

    骨缝儿间的螺丝钉

在我内心搭建一座空城

哭也罢，笑也罢

沉也罢，浮也罢

这座空城已经历了太多

人生的空城计

笋干榨面，豆豉年糕

封我的嘴

春衫与美臀

封锁我羞耻的雄心

邂逅将一根钉子

从云水间连根拔起

三月的江南只能盛开 37 度以下的烟花

而当我努力地在一片假山的掩护下

慢慢消失时

口罩内的余生

依旧在帝国的春梦里进进出出

2021.6.1

穿过他们

走在陌生的城市

就像走在德尔沃的画里

没有过去，没有未来

他们隔着镜子

喊我，跟我打招呼

挤眉弄眼，搔首弄姿

他们向我展示各种生存的形态

婚丧嫁娶，生老病死

他们想绕过黄昏

去我的故乡找我

叫醒我！修改我的年龄

籍贯、命运、性别

而我此时正在穿过他们

就像穿越我的一生！

去年三月

——清明前怀念瑾儿同学

去年三月我已从徽州回来

去年三月张爽正在布展

去年三月晶晶已经结婚

去年三月福军还在戒酒

去年三月天空一会儿霾，一会儿晴

没有一滴春雨

去年三月我每天依旧

从痛风里醒来

看着窗外稀疏的垂柳

你说等你开业了，我给你订一个花篮吧

去年三月，你还活着

2017.3.14

我身体里每天都有一只鸟飞向往生

当时间成为灰烬

身体成为灰烬

不要一点人间信息

此刻，枯木逢春只是一种妄念

只有语言的微光

隐隐敲响

每一个念头上

的睡莲

我的邻居死了

死于疾病。我的爱人死了，死于妄想

我的妄想死了，死于沉默

我的沉默死了，死于恐惧

我的恐惧死了，死于独裁

我的独裁死了，死于永生

我的永生死了，死于无常

每晚七点，这些肤浅的死，苍白的死，无辜的死

准时在童年的废品收购站门前报到

调整数字，交换手稿

他们头戴面具，隐藏身份游走于各个媒体

与朝代之间，像今年春天流行的假花

我的假花死了

死于囚禁

此刻，只要打开一扇窗户

我身体里就有一只鸟

飞向往生

2020.3.9

雕花老酒之梦

一夜清凉

一夜浮云

雨水慢慢地敲打

玻璃房顶

我知道是你在某处

敲击着这个夜晚

但你始终敲不开我的梦

因为你总在光鲜处入手

比如琉璃，比如翡翠，比如合金铝

这些都是白日梦的残片

你为何不敲打一棵树的影子

一阵风的尖叫

一个狂想的正面与反面

所以，你应该虚构一坛刚刚出土的

雕花老酒

慢慢地敲

然后听一听

里面也有雨声

有一只猛虎在梦中

鼾声辽阔

天空高高举起了牛角杯

残月只释放出半个秋天

另外一半还都是水
还没有形成你的身体
你的影子，你的气味
你的隐疾

撕开红色纱布，红色记忆
里面只有半只空
半个身体梦见了半个死亡
半桌残席收拾了半壁江山

半只野兽从我的另一半中
蹿出，举起了
天空深处的牛角杯！

2019 秋分

一无所赖

最近几天我一直

睡不干净

也就是说有一小块眠

始终没有醒来

我又努力睡了几次

还是不行

我猜想这块神秘的眠

有小拇指盖大小

长方形，幽蓝而透明

它像云一样流动，但不会分散

它像水一样清凉，但不潮湿

我想它一定在一个隐秘的角落里

独自做着我没有做完的梦

做着我想做而不敢做的梦

它是我生命中放逐的一座孤岛

为我保留着一些秘密

或传承一脉香火

如果有一天，我的精神真的一无所赖

能否到这里栖居？

2019.8

岁月的中心

——致 G

在书中　等待词语

从塔尖上探出头来

没有闷开天空的茶水

如何能浇灌我内心荒草般的庭院

发霉的老门板按节令折断往昔的回响

水缸里的枯荷移植远方的颓败

遥想那空，饱满萧瑟纷纷

围绕的——岁月的中心

那些天，那些年

横空出世的片片飘零

石榴花隐忍开出的——

透明褶皱之梦

深月下听不清的隔世潮汛

黄昏伸长了炊烟眺望渺渺乡音

时间的小船谶语般缓缓逼近

如蝴蝶缠绕花枝

永不落下

苍穹下，那些迟迟不来的美丽

在这个秋天，爬满了北京的葫芦藤

2018.9

六月里的无题

一

将三十年放在三个月里浸泡

多余的时间

从院墙上缓缓坠落

爬山虎的印迹

童年时孤独的掌纹

在荷塘的上游隐隐现现

青春期纷纷长出老桑树的反骨

直到它遮天蔽日

直到我们落叶纷纷的中年

在它的庇佑下重逢

哭泣，逃遁

发弥天的大愿与大谎

直到黎明前的鬼魂在困顿中

轻声尖叫

直到三个盲人在大雾中鬼头鬼脑

地撞到了光明

一声媚笑

升旗——是夏日的苍天示警

二十年前我们相互搀扶着

从虚无走向虚无

二

三十年前我们在鸟的怪梦中相约醒来

在丑猫的眼神儿里踟蹰不前，刺探人间

在黄鼠狼仰脖眺望的胡同里

擦身而过

那时你一定很瘦，总有影子在我身边晃来晃去

树木也总是晃来晃去，遮蔽了一些失足的少女

提前进入我的春梦

那时天空依旧很蓝，踮起脚尖就可以看见十年前的死亡

却看不清枯井深处的虚无上

落满少年的尘埃

那时四只眼睛的蜻蜓就可以帮我

打探出，你在谁家的盆景里

慢慢长出果实，露出翅膀

那时岁月静好，草木如斯

残冬如短章，肉体如空简

那时，羞耻还是汉字里的深宅大院

而我们经常爬上墙头

在孤独里相见，在掌纹里相见

在千年之后废园的瓦当里相见

你一会儿从东来，一会儿从西来

一会儿从医院里取出乌云、切片与嘴唇

那一夜，你押送着夕阳与坦克秘密穿越

我的梦境

而我却不知，从哪一个路口出发

可以拦住我的青春

从哪一个肉体里醒来

可以震惊我的岁月

我不知那一场被盛夏删去的暴雨

可以洗亮我的骨头，折射出前世

的倒影来

那时，我真不知道三个月就是流水啊

生命中一些永恒的消逝

反复击打着人间的秘密

三

三十年与三个月相互浸泡

老　贺　的　诗　　　　　　　　351

花是酒的味道

酒是茶的味道

春天是秋天的味道

右手是左手的味道

四十年前我在襁褓里藐视人间

岁月的起伏的鼓声

如中年美妇仰卧群山

那时，我无论是向前还是向后

都能看得很远

我能看到外祖母从虚无里走出

蹒跚地一直走进我的童年

我能看到一颗颗子弹与肉体分离

射入少年的槐花之夜

我甚至可以把这个夜晚看到尽头，看到支离破碎

直到渐渐长出白发红颜

可我闭上眼睛就全是暴雨啊

每日每夜都是暴雨

生者与死者，虚妄与真相

在盛夏的暴雨中公平地交换

口粮、传说与相对论

医院是一艘艘远遁的船

伤口上悬挂着的白帆招降着

水中的挣扎的安魂曲

我与你拉着手向永生的白船游去

游过童年与衰老

游过疾病与波澜

游过鱼的疼痛与草的隐忍

游过一个个轻浮的肉体

与溺水之心

但我始终不敢睁开眼睛

不敢游过纸面上一浪高过一浪

汉字的泡沫

此时，天在渐渐地遥远

水在渐渐地蒸发

时间慢慢地消瘦成

一棵孤树，矗立于冬天的窗口

完成于 2016.12.11

简介：

老贺，本名贺中，生于北京。上世纪 80 年代末开始诗歌创作，2003 年创办猜火车文化沙龙，2010 年与友人联合创办"北京新青年"影像年度展，2013 年与友人联合创办《好食好色》文化民刊，2014—2016（年）与友人联合策划、实施"当代文化新地标探访计划"。2018 年出版诗集《这个世界我照单全收》，2020 年发表长诗《如梦令——一种映照》

自述：

诗歌写作就是在一首诗里重新发现每一个词，洗亮每一个词。一首诗中一个词觉醒就已照亮一个世界。

沉默是语言的一部分，沉默是深渊，写诗就是要把文字推到深渊的边缘。

写作与现实无关，或者说什么才能构成你个人的现实。窗外是现实；文本是现实；网络是现实；他人是现实；身体是现实；记忆是现实；梦境是现实。关键是你怎么用内心与语言处理它。

短评：

就我对老贺的了解，他是极少数用诗歌表达"死亡只不过是无数劫的结点"，并且赞美它妙有的诗人。他用多维的时空观，延展了词语意象的宽度。无意中，他在词语构建的超现实时空中，用诗的内部叙事作了霍金"虚时间"的依据。从这个角度看，老贺与通常的"浪漫主义诗人"不太一样。更进一步地说，老贺应该是"超现实浪漫主义诗人"。

——张爽

老贺对意象出神入化的驾驭，是其核心的天赋，而其营造出的既有古风古韵的审美又有当代元素的迷人意境，则得益于他轮回的时空观和古典文化的熏习。这使老贺在诗歌创作中只能创造一个单属于他的世界。

——刘国越

在老贺的诗歌中，语言的明快与内涵的悬疑，且容纳一点现实的残余，作为迈向自由的起跳之处，以摆脱习以为常的世界定向的执念，正是其诗歌的魅力所在。

——郭吟

一天，老贺对朋友说，他开始写诗了。不是说他以前不写诗，而是重申了自己的诗歌生命。在存活、梦想、奋斗、聚散、热闹、无处可去的疲惫中，老贺对生命生起了特别的觉照："我从哪一个路口出发／你就在哪一个路口消逝。"老贺要真正地爱自己一把，穿透世间的虚构，活得明白安详而尊严，"最终我明白做梦就像坐牢／我应该像个囚徒一样将梦底坐穿"，"静是一张纸／纸里的野马东奔西跑"，"时间是一匹匹白马／驮着念头／远道而来"。老贺更提醒自己，穿透生死之网，并与世俗习惯保持必要的距离。《清明》一诗写道："每到这一天我早早躲出家门／藏在树上／看桃花粉红色的灵魂撒落一地。"老贺出诗集了。诗集的名字叫《这个世界我照单全收》，我很喜欢这个名字。

——芬陀莲子

守静笃

抬头，不为寻找月亮

公交车载着一个整天远去

没有比这更好的了

我走在街灯穿透的夜晚

放下各样的声音

我开始把你从想象中拿出来

带着你的笑容

哦，没有什么比你的脸更充实的了

你比月亮的脸更亮

不过，我更需要你的眸子

却从来接不住那个深度

哦，月亮被目击后的碎屑

旁边的那颗星，就像我

似乎总是一种不归属的姿态

这种感觉源于你的存在

你让我把思念隐没在车轮下

穿过小花园时

我正带着一种孤独中的

幸福

万籁俱寂的夜

此刻，成为寂静的小部分

成为露水或低低的尘

我是月光剩余的那一抹

只作短暂的逗留

最终坠落的那一部分

混合另一个白天之后的重量

像泥团在手中捏揉的造型

谁在远处听到

我赤脚走过

遇见

在世界的焦虑里

一双沾着春泥的鞋　无法踏进玄关

更无法让蝴蝶贴近脸颊

遇见是一个不远的事实

玫瑰的呼吸，不可触摸

即便，有人离开

所有随之沉隐的事物

还会回来

空缺

太阳让出天空

给今冬的第二场雪

我分不清那些融化的雪片

是天空缺掉的哪一片

城市隐在一个无法解释的地方

我在面包片和理想之间

自我观察

有些失去不允许被事先安排

它们在缄默中腐烂

就像鸟儿无法说出

冬天和苦难

2021.1.25　北京

雪峰

它们与天空贴得很近

就像未拆开的伤口

仿佛从身体里

长出来的险峻

雪替代了某些疼

它依然立在那儿

我把我的骨骼

放置在一个点上

冬

将某种东西掩藏得多深

树枝空出整个位置后放下自身

仿佛只为一场雪的到来

冬天，我为陪你走出多远

才看到一种唯美主义的胜利

如果从你的目光开始

像是大地布满的视线

鸟儿在此，像你漏掉的故事情节

它的翅膀如果再往前延伸

我就是你的不由自主

在山巅，被阳光恣意扫荡

也随光线散落

哦，还有一片雪影约等于你的背影

在我准备离开时

显得更深入

面孔

大风把一切摇晃着

很多东西早已噼啪作响

让我想要躲避到屋里

把自己锁起来

那天，我曾撞见的一个个面孔

他们有模糊不清的市井

如果没有过去

他们会把偶然重复成命运

其实，我也是其中的

有点像摆在橱窗里的箱包

掩盖不了暗生的纹路

而所有的面孔

都是尚未碎裂的镜子

2020.1.16　北京

寒

室外的温度狂奔在影子上

我看到很多缩小的事物

表现在数字上

细密的雪粒

保持着低温

多像你刚刚离开的样子

而你留给我的温度

在水银柱上攀爬

但这并不代表记忆的蝴蝶

就可以飞满所有房间

那处，让忧伤长芽的地方

有它自己的存活方式

蝴蝶也替你完成不了一种内涵

可我，在一首诗里缝合了心

并，小心地缝上了

蝴蝶的翅膀

2021.1.19　北京

爱

十二月的夜晚

路灯下无限推远的夜晚

依旧在另一种光中

那是来自你的信息和面容

就像霜下的叶片

没有表达完整的情绪

像我心内的路径

遍布毛细血管

有的是红色的

很多时候

我住在你的名字里

像一个鸟巢

那些交错弯曲的细枝间

仿佛我的一根根睫毛飞起来

爱，原本就是那个鸟巢

没有人注意它风中的抖动和摇晃

2020.12.30　北京　大风

尘埃

到处都有这种存在

它从城市的声音中落下来

从时间中落下来

保持了暗影

我知道这是万物缩小的影子

小小的光

小小的黑暗

有时候

我的手指在玻璃窗上

用它细微的身体画出

字迹

哦，这静物

我看见了

它来自其他明亮事物中的阴影

2020.12.12　北京

简介:

　　守静笃,本名李津兰,女,北京人。毕业于中国政法大学,法律硕士并留校工作至今。中国诗歌学会会员、中国网络诗歌学会签约诗人,《北京诗刊》主编。

自述:

　　相信一切的存在都有被诗隐喻的可能。相信生活即诗。

短评:

　　守静笃的诗注重将生命个体放到一个生活的深处体验。她善于通过捕捉意象本身的存在,借此发挥到一个象征或暗示的效果上来。就像她诗中说:"没有表达完整的情绪",这几乎是她生命体验的一种最深刻的自我提醒了。守静笃的诗是一种意识流的表现方式,充分填充到文本的,总以情感意识或理性的推演抓取到某些精神的东西,使得诗歌文本具有饱满的情绪场。而这种情绪场完全是由内向外的扩张力,是冷处理的方式。带着一种自觉和潜意识的参与，让诗歌的表现具有一个精神外扬的发散效果。她的诗语言自然，对语言的异化处理上有独特的角度，就是说建立起一个新的语境关系。让读者能够潜移默化地跟随诗歌内部产生的气氛沉入，或抵达到可思考、可想象的地方，具有打破惯性的语言新气息。就像她说的："没有人注意它风中的抖动和摇晃"，这种被泛化的语言不仅仅注入到生命本体中，更多的是投影到一个外部世界的那些存在的东西，并给予抽象的象征。可对应到主观世界的方方面面。这种诗性体验导致了一个新鲜的诗写模式。好的诗歌就是要有新的意义出现，在她这些诗歌中读者会第一现场发现文本之中带出的意义，并实现了意义。这也是作为文学性最主要的价值体现。她的诗歌普遍带有一种包容性的动机，并且低调朴素地从客观上呈现出浓厚的诗性延展。

——谷风

王 一 舸

因纽特

——致惠明

我是草原里游荡的矮子

我空虚地骑着马

穿着搭襟皮毛的袍子

缎面抢自

更南边一帮勤劳的瘦子

或许我们都有一个尼安德特的祖先

狂躁，强壮，冲动

像牛头猩一样脆弱

然后我们在城市的杯子里消失

光线折射不出我们存在的形式

你喝着凉水在健身房里

我在阴暗的北屋终日拉着帘开着台灯

秋天里小号一样明亮的银杏

见证着我们的进化过程

你听着风声，从祖先们的洞窟外刷过

我喝着烈酒，它是某个冬天的发现

《富春山居图》在吃过丹药之后会成为真的山水

南方的冬天不叫冬天

北方的冬天有着让人流泪的痛感

你说到了冰封的末世

草原上的会先死

你可能挺过那些可恨的严寒

谁从靴筒里拔出匕首

谁能躲过死的垂怜

然后我们混合在瘟疫城市之间

然后我们融合于这个巨大的社会里面

就像盐撒到杯子里

阳光折射不到我们的痕迹

2020.3.6

美好

回来的路上

月亮巨大低沉

出没在玻璃楼和树枝之间

你不再年轻

连玻璃杯子都告诉你

在 school 二楼旮旯喝酒的老妹妹们

你们就是完美的存在

我喜欢其中一个沉默寡言的姑娘

她告诉我她的香水款式

自从我的想象力被限制之后

香水带过来的信息

沉香、木香和檀香

都是美好的一部分

我不再年轻

你们也渐渐变老

时光就像香水的尾韵

2017.10.2

如寄

——致姐姐

死人为归人，则生人为行人矣。

——《列子》

人生于天地之间，寄也。寄者，固归。

——《尸子》

这个夏天，如寄
玉米长大，抽穗
过了谁的一生
如寄

走在荒凉的风里
自己
看着如寄的自己

曾经走过的路
嗅过的花儿
坐过的车

见过的人，如寄

那些加之于你的痛苦

那些短促的快乐

在永远的惶惑中不知所措

没有长大已饱尝遗憾的人生

枯草，果实

都是悲剧

石头和水泥

不知道悲喜

不会得病

不会老

我看见啊，你绿色的群山

斜阳下丰盛的草地

生命会在寒冬死去

也会在盛夏凋零

扮演者，视网膜中投映的

这个可哀可爱的世界

这么让人珍惜

云没有根

海没有归处

不会死亡

活着，是永远的流浪

用亲身，证明

你走过的路如此孤独

你没有牵挂的命数

某一世的砂石

下一世的泥土

凋零的叶子的记忆

有阳光、夜露、爬过的虫子

风摇动身体

某一天小孩儿的声音

谁爱过你

谁在唱着歌

那些回家的人

悄无声息

你是黑色的盐

乳白的空气

走过的陌生人

如寄

你是那只鸟

晒脆了的塑料

改了模样的街景

你是变老的脸

增长的病

如寄

谁会躲过时针的刺

什么属于自己

人生是一种记录

记录没有意义

那些死去的人

那些在天堂掘坟的人

那些黑色的悔恨

只有这些才算真实的意义？

归去

回到安宁的睡眠

平静的眼泪

绿色的阳光

一些声音

让我反应不迭

有些事情并不清晰

它模糊可能更好

有些地方

已变成空白

我也不敢停留

孩子们的欢笑远去

我希望和你们永远在一起

为你们跳舞

在午夜零点二十五的北京火车站

2020.7.29

沉暮

蓝色沉暮下的山野

勋章一样的星

我和你走在阴晦不清的路上

许多我们对面遇到的人

现在已经死去

许多年后

年轻人遇到我们

我们走向夜和路的深处

2019.8.3

简介：

王一舸，1982 年出生。诗人，诗歌翻译者。文言作家，昆曲作家。策展人。中华诗词学会会员，北京戏剧家协会会员。曾就读于北京师范大学第二附属中学文科实验班，中央戏剧学院本科及研究生毕业。

诗作发表于《读者》《朋友们》等刊物。作品选入文集《文心》（1998），《重释文心》（1999），《三省文心》（2000），诗集《大海截句集》（2018）等。

出版有现代诗集《初帆集》（2000.6），杂剧传奇剧作集《浮世锦》（2019.9），文化著作《读懂中国：传统文化拾趣》（合著）（2012.6）。

自述：

我尽量使我的现代诗能够表现某种情绪。这种情绪可能"比较个人"，但是应该有该有的深入度。"比较个人"是我有自己的解释，同时读者也能和我不一样地去读。解释永远必要，没必要让人懂你。如果能做到"知音者乐而悲之，不知音者怪而伟之"（《洞箫赋》）这事最好。

不是每一次动笔都能成立，不是每一次打猎都有收获。这是心灵、灵感、现实和机会共同的结果。但是我不认同主流观念上的评判标准。现代诗发展到现在，至少在我这里，应该是奇异的，"葛"的。它不为了反对，可本身就硬核；它不为了怪，可生下来就天地难容。

我对地域性本身没有态度，哪都有好诗人。诗人论"个"，不论"批"，也不论"拨"。甚至都不该论"个"，应该论"首"，哪一首好，哪一首还行。人一辈子可能某几首诗和他绝大部分不一样。可能他自己也说不清为什么。我这次选的代表着我对自己的诗和风格的要求和期望，但也就那么几首。大多数对我来说都是失败之作（我收着了）。而那些不代表我要求和期望的，可能在大多数时间里泡着我。但是北京是我诗歌生长可感的现实。它太奇妙了——它这么荒诞，这么有表现力，这么"葛"，这么深刻。因为这是我生长的地方，它是我日常的外界，所以我更爱用现代诗这种方式触摸它。

2020. 3. 21

短评：

一舸是我熟识的年轻诗人。他很年轻就出过诗集。这些年，他一直不断地创作诗歌。他的诗有自己的追求，显得很不一样。我期待他能够将自己的特点坚持和发展。期待他的新成绩。

——灰娃

王一舸的诗,粗看熟悉(一些日常场景),细读复杂(若干非日常经验)。这是我喜欢的诗。我认定王一舸诗中并不避免"专业的"戏剧性。戏剧性,来自生活片段,被写作手法观照和制作的虚构,产生了诗人非同一般的态度、理念以及想象力。"蠹鱼三食神仙字",当然,也可以说是本能。

——车前子

一舸诗歌的可贵之处在于,他始终保持着一股单纯的青春气。以至于我在读时常常有些恍惚,觉得现在仍然是 2000 年。时间在一舸身上似乎停止了。他依然保持着少年的叛逆、尖锐和颓废。青春的抒情,摇滚的斗志,不屈的质疑,文艺的迷恋,交织成一舸不肯改变的精神底色。可以非常清楚地辨识出,一舸是从哪里来的,是哪一代的少年,那些东西像烙印,像保鲜膜,令一舸忘记了年龄和人生。

一舸常常令我觉得神奇,他有精熟的中国古典文学功底,能够写出乱真的元明朝时代戏曲——这是一种匪夷所思的能力。从这一能力看去,一舸像是一个住在四九城旧宫殿里的老人。然而并不是,在用娴熟文言写成的文章里,他依然是个单纯而明亮的少年。而这单纯和明亮到底从何而来呢?这新和旧的懵懵懂懂的浑然一体从何而来呢?转瞬,一舸又给我看他从英文翻译过来的波斯大诗人鲁米的抒情诗选，翻译得非常漂亮。这回又换成娴熟而漂亮的白话汉语，看起来像一个操弄现代中文的老手。然而又不是，当他自己写诗的时候，又变成那个世纪之交的欧美范儿的摇滚少年。

这一切，在同一个人身上，懵懂地发生和交织，却又永有一颗单纯善意的心灵。我觉得他是我弥足珍贵的朋友。我认识他时，他还在读初中，这么多年过去，我们始终保持着心有灵犀的友谊。作为老朋友，我也很想向一舸再提一些建议。如果你真的有志于诗，能否将你身上一切可贵的品质和能力，更深刻地向内融化成一体，融化进你的人生和岁月，去写岁月积淀后的诗歌。台湾有一位重要的诗人，叫杨牧，刚刚去世，我觉得他正是那种兼得东方古典与西方现代风流的诗人。并用智慧之眼，人生之炉，刻苦之功，锻造出了独属于他自己的诗歌。

——沈浩波

王一舸诗歌上对接的写作传统是被现代社会里的强权世界企图瓦解的。其气质吸收了金斯堡《嚎叫》中的有效部分，这是现代汉语得以喘息之地。诗本身也是一种旅程。它对王一舸敞开启示之门：诗人的每一次写作都是对"天堂的尝试"。

——李浩

袁玮

百度袁玮

第一个袁玮早就已经死了

死于那年

汶川的地震

非常英俊

第二个袁玮是

中年女人

有缺乏性生活

标志性的蜡黄脸色的

公务员

在会上侃侃而谈

第三个袁玮

珠峰登顶刚刚

归来

红色横幅在几个人拉扯下

展现着袁玮的凯旋

还有几个袁玮从事

记者行业

偶尔标注括号

实习生

有一些袁玮是名人

并在微博里加 V 认证

有一些袁玮犯了罪

有一些袁玮抓罪犯

还有几个袁玮发布了

结婚照

新郎长得很一般

有一个袁玮正和满脸皱褶的

老婆婆接吻

那是一则猎奇新闻

我猜这个袁玮也许不是

那个年轻人而是

嘴巴里含住的老婆婆

还有一个袁玮是留守儿童

她扎着马尾辫

那眼神是在报纸上常见的

她的处境也是

常见的

我想象着他们

又肯定在人群里

认不出他们

袁玮们

和我之间

并不会有

亲切感——

在这个世上

所有袁玮都很远

一个袁玮和一次

出生

活不完命运的

奇异安排

百度标明

一个个袁玮

一次次

的——

出生

我的诗到底冒犯了哪些人

他说——特别棒

这诗我喝醉了

会转发

他说——特别棒

这诗要是男诗人写的

我会转发

他说——特别棒这诗

商人也许壮一壮胆

敢转发

我打赌大部分艺术家

肯定不敢

这诗——的确是很棒

不是我喝醉酒写的

不是我曾作为女人或者男人时写的

不是商人产出商品

不是艺术家身披五彩羽毛

蹲那儿拉屎

路过天使

天使以最快速度

适应人间

它们练方言

扯开嗓门讲话

年轻的天使聚集在公交车站

谈论人间事务

老年天使站在寺庙的高墙根下

谈论人间事务

喝酒的天使成群围坐酒桌边

谈论人间事务

它们大声演讲

像仍旧在天堂里

它们的

手指在空中划动

表演前世

袁　玮　的　诗

记忆里的

弹奏

我从它们身边经过

偷听天使具体的烦恼

一个天使在盘算获得人间某城户口

一个天使抱着洁白的小天使

抱怨婆婆

还有几个天使

我即将与它们

会合

一起忍受琐碎

迷乱

又冗长的醉酒过程

天使们叽叽喳喳

不停相互啄掉羽毛

深秋

在这里

洋洋洒洒

飘落一地

祝酒诗

我烦躁了好长一段时间了

亲爱的朋友

在此

祝愿你

也如我一样

不安

在随意抽取的

记忆中

保持回顾灾难的习惯

重温

一个个轻薄的细胞依次炸裂

愿你也如我一样

对说过的每句话都

充满遗憾

我想要道歉

为生活里伟大的碎片

不断开裂

为相吸的两性在航行中

执迷于相互击沉——

而干上一杯

亲爱的朋友

我们干杯吧!

都是过来人

何必不纵情

喝醉了方便

无意味地紧紧拥抱

喝醉了才能狠狠地谈

心事

谈不安重叠着遗憾

那种流俗的

诗意

沉船在夜晚的海面上

默默呼出一口气

那是一场缝合

眼睁睁看着也

不要紧

反正每个角落都有

恢宏的

大场面

哎，好吧

我的朋友

我的祝愿都是假的

那么我诅咒你

没有烦恼

也无须发光

令人上瘾的烦躁就

留给我

螃蟹

和肉骨头

一杯酒和

枪

再来一杯酒

或换你

扣扳机

简介：

袁玮，1985年生于北京，现居杭州。诗人、艺术家、占星师。出版个人诗集《吐纳》，并发布诗歌舞台作品《没有｜原委》（2010）、《爱人展览》（橡皮文学出版2015）、《占星笔记——2015年水星逆行》（黑哨诗歌出版计划2015）、《一大群袁玮》（黑哨诗歌出版计划2017）。

自述：

我是通过写作来认知世界的；同时参与真实生活和观察世界，影响着写作；一些学科的学习和实践，整合世界观体系，时时矫正着创作的观念——似乎从我写诗之日起，我的人生大致轮廓就已经定型了。诗歌的写作和其他艺术创作也会跟随着这套闭环，每隔一段时间自动更新一次命题，经历反复思考与打磨并影响作品：例如关于修辞，关于素材的转译，关于写作主体的概念化等等。这些命题彼此叠加、统合，组成新的创作观念，与创作内容相结合，形成拆迁蓝图，静待下一轮改造。

我最先开始的诗歌写作是所有创作意识（和存在）的原点，对语言的观念也就成了我的世界观体系的原点——牵强类比，就歌颂为认知的故乡吧。

短评：

　　袁玮是新一代诗人，诗更新，且有异质。这代人从反叛生活始，但能凭写作建立"反生活"的寥寥无几，袁玮是其中成功的一例。她是身体力行的人，在作品中和自己的拧巴又有理解的愿望，这种双重性使其免于符号化的肤浅，抵达共性存在的深处。当然，作为一名诗人，天赋、热情是其前提，袁玮不缺乏这些，甚至有些过分了。抑制的方式显示了她少有的清醒和智力出众。我一向乐于跟踪袁玮的写作，相信她会让所有人大吃一惊的。

——韩东

　　袁玮的诗似乎不是用笔写就的，而是用刀子在钢板上刻录，你能隐约听见某种令人心惊肉跳的声音。简单地用"杀人的诗"来定义她语言的力量感可能是不够的，那种青筋毕暴、咬牙切齿的诗写状态，呈示在读者面前的往往是另外一番截然不同的面貌：忧伤，缠绵，一咏三叹。读她的诗仿佛面对着一个泪水盈盈的孩子，脸上却挂着笑容；又恍惚看见一个人在月光下一遍遍磨刀子，用拇指擦拭着刀锋，满不在乎地吮吸着从自身的伤口中沁出来的血污。从《百度袁玮》开始，到《留言便笺》，再到《怡》《人间禁诗》，我就一直留意和跟读着这位桀骜的年轻诗人，她的异质性（一直保持的）在我阅读视野中很难找到可替代者。

　　酒精和性，星盘与杀人游戏……其实这些并非袁玮写作的出发点和目的地，隐藏在其后的是诗人对生活巨大的不安感，幻灭及无常，由此引发出来的对浅俗生活的深刻质疑。袁玮的可贵之处在于，她清晰而准确地找到了陈述这种生活的语调，干脆有力地"说"了出来，时而急促，恶狠狠，时而温婉，感伤，但丝毫也不躲闪。

　　我知道，那些读过布考斯基、布劳提根们的人在面对袁玮的诗时又会在私下里嘀咕：这不过是他们的中国"女版"；但如果扪心自问，那些"中国版"的弗罗斯特、拉金、特朗斯特罗默们，何以受人追捧呢？说到底，是袁玮的写作对我们的审美经验构成了真正的冒犯，而这种不适感和不安感，当它以真诚为代价和前提出现时，我仍然要为之击节鼓喝。

——张执浩

　　在我看来，一个完成度高的写作者，在于它可以稳定地调动自己内部的写作资源，这需要对自己工作做出界定：是为了表达？表现？还是为了认识？从《占星笔记》的创作方式，以及作品的呈现，袁玮逐渐进入认识的写作，这是非常大的一步。而这样一来，写作的奖赏就只在于自由概率的提高，与社会的奖励再无关系。

——而戈

瓶　子

弗林德斯中央车站[①]狂想曲

平静了 40 年的天王星探下手

拿出它的巨大蓝色印章

摁出很多湖泊

溢出的油墨形成河流

流水的鲜腥芳香不存在任何保质期的承诺

桥上的音乐家对着弗林德斯中央车站

弹奏雅拉河就在岸上

肮脏的名人宣言和黑白嵌套的椭圆圈

在细细的高跟鞋和长长的指甲上

卡住银紫色的啤酒

我来到广场上

和消失的众人下着足有半米高的国际象棋

我笑着

又倒过来把其中盛满的酒喝光

到赌场赢下所有人口袋里的硬币

并把它们投到太空里

太空用木桩一样的充满横线的小笼子

---

① Flinders Street Station, 澳大利亚墨尔本的知名地标, 墨尔本中央火车站, 紧邻雅拉河。

把我的硬币都滑到桥下

很多天的时光似乎在缓缓重叠

天庭翻倒而我沉入水中

在未来中

在未来中

风与水

一样无边

月亮在笼子里放射

光辉管道下

城市起了湿疹

麻风病患者名列前茅

被征服的死亡连根拔起

疯癫是一切优点的引领

庸肤与轻佻的表现是

文艺复兴式的腹部呼吸

自由民主使精英千疮百孔

女人丢弃生育

性爱制高点断裂而极端

孩童口中的情感

扁平得如同一张半穷人的金箔

只有害羞之神

还崇信害羞

只有耄耋之人

能被没有伸过来的手所拯救

虫草低伏着等待

不同的法抓住自己的头发

法要竞选的总统

鼓动嫦娥生出伟人

"循环"笞打"晕狂""慵倦"和"莫名"

赫尔墨斯效仿狄俄尼索斯

阿尔忒弥斯效仿赫利俄斯

缪斯女神相互滥交

爱情诗和史诗串通

悲剧在结构中演绎天文

根据弥赛亚情结

人们选出两种艺术家

让国家永远蒙羞的生涯类型

用他们的神经打制"肉体徽章"

继而化解个性

剥夺

是生命岌岌可危和尚未成形

之时应有的权力

女人合法死亡

血亲则不可

置他人于死地或

置他人于福地

父与子演绎同一角色

报应与因果暗中焦急

高尚者收藏

哲学家的帽子

高筒靴、手杖、

滚烫的肺腑

和螺旋形星轨

昼夜两者

绝食以殉

五千斤道德

黏糊糊黑漆漆

徒手打开

暴戾、滑稽

和自我怀疑

2017 年 1 月 8 日

天色可以　渡船的时候
门就关了

天色可以　行走的时候
门就半掩着

天有　疾驰的纹路
门就翻卷腾挪

天有时　退场
门和门牢牢相连

天有时　疏远佞人
门摔摔打打　对地面唉声叹气

天纯洁得　几乎要僭越
门旋转着放声恸哭

天从成为天的　第一刻起对着生物滥情

门　开　合

又开　又合

节奏平静如同婴儿的头盖骨

门慌慌张张走上街

跌跌撞撞　一整天

天　渐渐明亮

天重新　擂鼓般思考

门躲得远远

天榨出　黄融混白的银河

门联手　门下的往来

逐个将它们　击沉

长江

我喝水的时候是一只拥有蓝色泪水的杜鹃

我睡着的时候是毫无能力供给任何生命的腐泥

任凭鱼群先锋触摸过泥纹

粗沙中的嫩尖狂傲地磨损

浪很放松地为长生的蚌去污

我奔进无声的飓风中

打击野蛮深水区潜伏的黑暗

鱼迷信　珊瑚到处色彩艳丽

而自己感官愚钝

当路途遥远

脆弱的品格下作

当食物丰沛

其他人即时间

鱼只在侧面真实存在

相信苦行是此生命运

尾巴和苦胆　彼此咬住

生出银色护甲反射微光

珊瑚的颜色是珊瑚的虚荣

我在江底收到信号

这一秒是一滴水的生日

仰视

一座仰视的石像

始终仰视

晚上的天空

给人想象颜色的余地

雨

迅速侵占我的全部视线

黄色的石头

绿色的雨

黑色的人脸

方形的　弧形的　尖的

特快专列

一列绿色铁皮火车

只剩车轮边缘凹槽

凹陷处仅剩一圈绿色

在冰冷的河水中

穿越冬天

车上的乘客

丝毫不看生锈的车身

和地板夹缝中

锈迹渗出的褐色河水

他们谈论家乡时

都使用同一种语气

他们面无表情

使用不同的节奏

动用他们的唇部的轮匝肌

可是列车员知道

他们　秘密地在用

桌布下的脚

赶上铁皮火车鸣笛的笛声中

在密谋改变列车的目的地

新身体

清洗之后　用我的新身体

迎接你

筋肉躁动在我的身体之上沸腾

丰满在我身上举行仪式

让我看起来更像

西方古典油画中出浴的少女

我的双肩长出石膏

后背开始脱落

高光一点点聚集

阴影处则一横一竖

开始凝固的体态

在展开的时间中哭泣

在角落累计年龄和一切

风打结成团　组成我的球形关节

我的双眼凝视

以45度角撞击人群和画面

我放弃摄入你的影子

那只会使我铅色的划痕越来越多

接受光滑和洁白

接受孤独和绝望

接受生涩和未来

不可知的破碎和　每一瞬间的逝去

我总要面对这些疑问

当我说我只是一尊雕塑的时刻

用面包评价面包，用关节评价关节，
用《尤利西斯》评价《尤利西斯》

恨的构造

百无禁忌

我的恐惧

手续不全

朝阳环卫

垃圾桶美学

所有忍受隐疾的人

我向我们致敬

简介：

瓶子，本名张云平，1992 年出生于北京。诗人、艺术写作者、策展人、表演者。艺术史论硕士。原创艺术评论被收录于《艺术与设计》、《经济日报》、新浪网、"01 哲学"、"ARTYOO"、"艺术碎片"、"妈妈拉当代艺术中心"。诗歌创作曾被收录于《诗歌月刊》及中国诗歌网、《橡皮》等。曾参与民间诗歌组织"大四诗社"，并组织及参与多次诗歌朗诵会。作为发起人之一创办民间艺术组织"通天塔艺术行为运动小组"。自出版书籍《尖刻的谬论——一个文艺枪手自选集》。曾参加 2018 年"abc 艺术书展""北京国际书展"。

自述：

我在北京出生长大，虽然游历了很多地方和国家，可北京还是家。家中高朋满座，于是我的诗歌没有乡愁。我只能用诗歌来思考和破坏。

诗歌，对我来说是激烈的、尖刻的、矛盾的、绵长的、呵护的、轻柔的、重生的、向死的，它唯独不是释怀的。虽然只是我创作的一种形式，却是我的想象飞船的浓缩燃料。我无法想象，尤其是在今天的世界中，没有诗歌地活着，是否能够保全自己不被撕得粉碎。

短评：

　　本来想跟瓶子说，短评还是不写了。这批作品实在实在太好，就像某种奖赏给诗人的东西，评论几乎是无意义的。好多年前就认识瓶子，但一直没怎么看过她的诗，最近看到这批实在让人惭愧，之前为什么没多交流一下，互相看看诗。

　　瓶子在诗中展现了超常的感知力，这是出色诗人的第一要件。事物、感觉在瓶子的诗中有一种旋转着蜂拥而来的力量，这也赋予她的诗一种旋涡般的能动性，开放、积极、集中，而形态上又是完美的。比如《无题2》中，那些由启示般的涌现的"性的邀请""红石榴""跳舞的狗""蓝皮老鼠""留着长长指甲的鬣狗"编织起来的晦暗的经验，在叹息式的"敏锐者总是这样文不对题"整合起来，并启动另一条旋律线。而在最后一节，经验和沉思已经混合成痛切的领悟："我——身份——眼睛——/ 重逢——文学——反省——/ 我　和清晨　保持同一个声部 / 言外之意是站在宝石掉落的屋顶 / 每一次都对昨天 / 绝望地亵渎。"这一切都像是从晦暗里涌出来的更浓稠的晦暗，借由本能与精神的携手冲锋，抵达认识和诗意。

好的诗歌必然是身体性、乐感和精神性在不同维度上的共振，瓶子的一些诗节在这方面近乎天才。

鱼迷信　珊瑚到处色彩艳丽
而自己感官愚钝
当路途遥远
脆弱的品格下作
当食物丰沛
其他人即时间
鱼只在侧面真实存在

我为这节诗中的律动、叙述和领悟着迷，一遍一遍地读，它那么奇怪，又那么对，并且探触了经验的深暗水域。"其他人即时间／鱼只在侧面真实存在"，既是论断的，又是诉说的，带着强力。这就是只有诗歌才能完成的东西，感受、美、情感、精神那样简单而完美地咬合了。

作为女诗人，女性身上那种诅咒式的伤害感难以避免，但瓶子避开了女性自伤的老调，将其推向了更广阔的理解，这让她的诗变大了。比如《我的老年奥菲利娅》的末尾：

攻击坦率之美的触角
不

应该是一切美

都是你的爱的敌人

其中所透露的已经是现代性中渗出的沉痛悲剧性，让人想起莉莉丝，有种晦暗的自我诅咒，混合着残忍与忍耐、拒绝与渴望。而一个老年的奥菲利娅，会变成莉莉丝吗？我不敢问她，更不知道，《亚当的幻觉》中的夏娃，已经被莉莉丝附体了多久。在好诗面前，答案不重要。

——昆鸟

瓶子以她盛开的感官和她锻造出来的某种碎片式的文字与图像在她的艺术心灵中经过长期的自我转化之后生成的"移动"语言，还有她自由的表达经验共同构筑的精神世界，总是让我觉得她和她的诗歌与这个瞬息万变的世界之间，保持着某种"共情让午夜的灯亮着"的精神奇迹。在这一点上她的精神气质是偏向浪漫的、反讽式的、古典主义的，当她在她的诗歌面临混沌时刻的"威胁"之时，她所表现出来的某些强烈的对生命本体的冲动，是她与生俱来的，是优先于女性意识的。她身体里的声音，就像她自己的肉身感觉到的那条"音轨里的青虫／蒙着眼睛　钻入脑子"的刹那："绝望—衰溴"的余像。这行诗句，好像来自远古，时时刻刻都在提醒着我们：在《天堂与地狱的婚姻》里的威廉·布莱克一直都与我们同在。令人欣喜的是，瓶子身上还有股隐秘的、能够让她的诗歌升起来的能量，因为她"滚烫的肺腑／和螺旋形星轨"，和她一起从来都没有停止过工作。

——李浩